안영실 소설집

나른한 화요일을 깨우는 새콤달콤한 앵두 맛 이야기

화요앵담

"난 요즘 엄마가 왜 이렇게 예쁜지 모르겠어!"

안영실 소설집

나른한 화요일을 깨우는 새콤달콤한 앵두 맛 이야기

화요앵담
火曜櫻譚

Hz9 에르츠나인

들어가며
담담담담

 거의 4년간 장편소설에 매달렸다. 장편을 쓰는 동안에는 시간도 공간도 일그러지는 이상한 세계에서 살았다. 탈고를 마친 후 나는 탈진해서 병이 났다. 누워있는 내 머리맡 서랍 속에서 아이들이 불평하는 소리가 들려왔다. 그곳에는 지난 십여 년간 써온 짧은 소설 아이들이 들어있었다. 아이들은 딱지치기 제기차기 줄넘기도 지겹다면서 세상으로 나가야겠다고 으르렁거렸다. 아이들 중에는 내가 모르는 사이에 프랑스까지 가서 번역된 아이도 있고, 영어로 번역되어 태평양을 건넌 씩씩한 아이들도 있다. 아이들을 세상에 내보내면서 나는 그 태명을 [담담담담]이라고 지었다.
 글에 리듬감을 넣는 일은 즐겁다. 담담담 세 글자는 한 박자씩이고 마지막 글자 담에는 세 박을 주어 여섯 박자의 담담담담이라는 리듬을 살렸다. 또한 한문으로는 동음이의어의 의미론적 리듬감도 끼워 넣었다. 담담담담(潭喈瞻譚)이란 깊고 넉넉하며 마음이 담긴 이야기라는 뜻이다. 그런 이야기를 쓰겠다는 내 소망이 투사된 태명이 만들어졌다. 책으로 묶으면서 보니 짧든 길든 소설 쓰기는 다를 게 없음을 알았다. 긴 시간이 걸리는 일이든 짧은 시간이 걸리는 일이든 삶은 푹푹 삶아져야 무엇이 되는 법이 아닌가.

나는 문학을 경쟁과 평가의 도구로 쓰고 싶지 않다. 살아가는 일이 그러하듯 제 깜냥대로 글을 쓰면 그만인 것이다. 삶이 그러하듯 계속 공부하고 궁구하다 보면 내 머리 위로 나비 한 마리가 날아오르는 날이 오게 되리가 믿고 싶다. 첫 창작집에 이어 이번 소설집도 직접 녹음하여, 전국에 있는 시각장애인을 위한 도서관에 무상으로 기부하게 된다. 음성 책을 만들어 주신 경기도 시각장애인연합회 측에 감사드린다. 조금 전 발문을 써 주신 정현기 선생님께서 문자를 보내오셨는데, 나는 먹먹한 마음으로 한참동안이나 들여다보았다.

"모든 글에는 정신이 깃드는 법, 그 정신 잘 지키고 키워가세요."

2016년 12월 동천동에서 안영실

火曜櫻譚

차례

들어가며 • 004

1부 사랑의 얼굴

띠뱃놀이 • 14
그 집 앞 • 19
붉은 소파 • 24
고추장과 나비 • 28
천 개의 달 • 34
은행나무 아래에서 • 39
이루어질 수 없는 사랑 • 44
별사탕 팝니다 • 47
도깨비 연가 • 55
빨간 탁구공의 비밀 • 59
그녀의 꽃 • 64
희망의 엄마 • 69
소리 없는 소리 • 72
권주가 • 76
앨범을 펼치는 시간 1 • 79

2부 나는 힘이 세다

나는 힘이 세다 1 • 86
나는 힘이 세다 2 • 91
나는 힘이 세다 3 • 96
늑대가 운다 • 101
원숭이도 모른다 • 107
라그랑주 포인트 2 • 113
꿈꾸지 않는 여자 • 116
부뚜막 꽃이 피었습니다 • 121
오디 • 124
군자란 • 128
굴비 • 131
생각 속의 생각 • 136
섬집 아기 • 140
앨범을 펼치는 시간 2 • 143

3부 라그랑주 포인트

바다는 다시 일어서며 • 150
라그랑주 포인트 1 • 154
내 것 아닌 삶 • 158
망각의 돌 • 163
바퀴벌레가 싫어 • 167
채송화 • 171
우물 속의 우물 • 177
라그랑주 포인트 3 • 180
라그랑주 포인트 4 • 183
불꽃놀이 • 187
신발이 없어졌다 • 194
J에게 • 199
낮달 • 203
앨범을 펼치는 시간 3 • 207

4부 그림자 찾기

길싸움 • 214
철수와 영희는 어떻게 되었을까 • 219
새 신을 신고 • 223
오월의 점심식사 • 227
스즈키의 전쟁 • 231
수수꽃다리 그대 • 235
춤추는 농담 • 239
아주 멋진 거웃 한 올 • 243
고요한 밤과 거룩한 밤 사이에 • 246
세상의 비밀 1 울트라 수퍼 캡 짱 • 252
세상의 비밀 2 퍼펙트 월드 • 254
세상의 비밀 3 구멍 • 256
세상의 비밀 4 삶은 계속된다 • 258
앵두 • 261

추천의 글 사는 일마다 뜻 매기기 • 266

1부
사랑의 얼굴

저기 한 여자가 있다.

눈부신 젊은 시절도 있었으련만
이제는 아무도 돌아보지 않는 나이,
지나온 인생을 말하자면 지리멸렬한 통속극이고
온 인생을 통해 뭔가 알아낸 이치가 있다지만
보르헤스 짧은 글의 통찰력에도 미치지 못한다.
한때 시를 쓴 적이 있다지만
식구들을 거두는 일에 묻혀 어디에 굴러다니는지.

오늘 그 여자가 저기 서 있다.
먼 수평선을 처음인 듯 바라보며
홀린 듯 서 있다.

그녀의 뒷모습이 그린 그림이
온 인생을 통틀어
가장 빼어난 수작이 되었다.

그 것 으 로 충 분 하 다.

띠뱃놀이

 명자는 앉은 자리가 불편했다. 옆자리 사내가 졸면서 자꾸 머리를 기대왔다. 사내는 몸이 점점 기울어지다가 머리로 명자의 어깨를 툭 치더니, 놀라서 바로 앉곤 했다. 하필이면 아픈 오른쪽 어깨라서 명자는 자꾸 몸을 피했다. 전철이 레일 위를 굴러가는 소리는 영등달에 원당할미를 부르는 먼 풍장굿 소리처럼 아득히 들려왔다. 둥기 둥당당 둥기 둥당당….

 시장에 헌옷 가게를 차린 것은 이 년 전이었다. 십 년 동안 부은 보험금은 사기를 당해 몽땅 날렸다. 아침부터 밤까지 일에 쫓겨, 보험 모집원에게 돈을 건넨 것이 잘못이었다. 한 동네 사람이었던 여자는 여러 사람의 돈을 먹어치웠지만 명자처럼 전세 보증금 오백만 원이 가진 전부라고 했다. 전 재산이 날아간 명자는 며칠을 앓았다. 그리곤 돈이 속였지 사람이 속이려고 했 겠는가 하며 씩씩하게 털고 일어났다. 그녀의 사정을 들은 친척이 헌옷을 대주어서 월세로 시장에 가게를 얻었다. 그럭저럭 혼자 생계는 해결되었다. 그런데 작년부터 명자는 다발성 관절염으로 몹시 아프기 시작했다. 삶은 애쓰면 손에 쥐어지는 기분이라도 들지만 통증은 그렇지 않았다. 원인을 알 수 없는 통증으로 잠을 설쳤고, 이제는 밥을 끓여먹기도 힘겨웠다. 그렇다고 제 가족도 무거울 아들의 숟가락에 늙은 몸까지 얹을 수는 없었다. 명자는 더 이상 물러설 수 없는 곳에 선 기분이었다.

둥기동 당당 둥기동 당당…. 전철 바퀴가 굴러가는 소리가 명자에게는 당골네의 북소리처럼 들렸다. 남편이 죽던 해에 명자는 위도의 띠뱃놀이에 초대되었다. 당골네는 띠풀과 짚, 싸리나무를 함께 엮어 만든 띠배에 소원문과 제웅을 넣었다. 명자와 아는 처지였던 당골네가 남편의 제웅도 함께 배에 실어 주었다. 에이야 술배야 술배로구나! 당골의 노래는 오색기와 함께 나부꼈다. 우리 배 망자가 걸렸구나아, 이놈의 조기야 어디 갔다가 이제 왔냐, 에이야 술배야 술배로구나…. 당골의 장삼자락이 돛대를 향해 부풀었다. 명자는 짚으로 만든 제웅의 가슴 속에 아들 성공을 기원하는 소원문을 꼭꼭 접어 밀어 넣었다. 남편 없이 헤쳐가야 하는 삶보다 더 무거웠던 소망은 아들 하나 잘 키우는 일이었다. 그때부터 명자는 위도의 수호신인 원당할미를 믿고 의지했다. 명자야, 잘 하고 있구나, 원당할미는 가끔 명자를 격려해 주었다. 둥기둥 당당 둥기둥 당당…. 전철은 풍장굿 소리를 내며 명자를 바다로 바다로 데려가고 있었다.

  명자는 인천에 있는 아들 집으로 가고 있었다. 고무나무 화분과 압력밥솥을 가져가라고 할 참이었다. 고무나무는 신혼 때부터 수십 번 이사하면서도 끌고 다녔다. 서 있는 자태가 무덤덤하고 두터운 잎이 참을성 있어 보여서 그녀가 고른 화분이었다. 그 나무처럼 명자는 많은 세월을 견뎌왔다. 명자는 이번 일을 꼼꼼히 준비했다. 예순아홉 해의 삶이었지만 정리할 물건은 별로 없었다. 낡은 텔레비전과 냉장고, 옷이며 스텐 식기들은 고물상에서 가져갈 것이다. 아들이 생일선물로 주었지만 아끼고 쓰지 않았던 압력솥과 화분 하나가 그녀에게 남은 전부였다. 그런데 정리되지 않는 것이 있었다. 아무리 기다려도 원당할미의 대답이 없었다. 이만큼 참았으면 되었다고, 그토록 애썼다면 절망도 당연하다고 그녀는 생각했다. 그만 삶을 놓아도 된다고 이제 고개를 끄덕여줄 때가 되었건만 원당할미는 말이 없었다. 그녀는 다시 원당할미를 불렀다. 이제 그만 쉬게 해 주시오, 그만 끝내려니 용서하시고요.

둥기 동당당 둥기 동당당…. 당골네의 북소리가 전철을 끌고 노량진역을 지나가고 있었다. 한강의 뜨거운 노을이 전철 안을 후끈 데웠다. 명자의 야윈 두 뺨도 붉게 물들었다. 격포항에서 신접살림을 차렸을 때, 식탁까지 더운 노을이 길게 들어차면 남편이 뒤에서 끌어안곤 했다. 용머리절벽 해안에서 둘이 앉아 낚시하던 기억이 떠올라 명자의 입술에서는 피식 웃음이 솟았다. 그렇게 조곤조곤 살면 되었을 것을, 남편은 조기를 잡아 큰돈을 벌겠다며 위도로 건너가자고 했다. 이태가 되던 해의 겨울, 남편의 배는 돌아오지 않았다. 아들은 두 살. 그때부터 명자는 닥치는 대로 일을 했다. 하루하루 연명한 삶이었지만 커가는 아들이 위안이 되었다. 원당할미, 이만하면 내 인생도 저 노을 못지않게 붉다 할 수 있지 않겠소?

옆자리의 사내는 여전히 졸고 있어, 명자의 어깨는 점점 더 아파왔다. 명자는 사내를 흘끔 쳐다보았다. 검정 티셔츠와 청바지를 입은 청년이었다. 아들이 대학생일 때도 그런 차림새를 즐겨했었다. 청년은 까칠한 턱에 수염이 자랐고, 벌린 입이 밥도 못 먹은 얼굴로 보였다. 명자는 쌀이 없어 보름을 굶던 시절을 떠올렸다. 친정에 말하면 해결되었겠지만 자존심 때문에 말하지 않았다. 명자가 굶는 동안 누구도 알아차리지 못했다. 그때 명자는 사람이 자존심 때문에 굶어 죽을 수도 있다는 것을 알았다. 졸고 있는 청년은 머리를 기댈 곳이 필요했다. 명자는 어깨를 슬며시 기대주었다. 놓일 곳을 찾은 청년의 머리는 더 이상 명자의 어깨를 때리지 않았다. 졸았던 사람은 청년이 아니라 명자 자신 같았다. 아들 같은 청년에게 어깨조차 내주지 않았으니, 뭐 대단하다고. 명자는 남몰래 중얼거렸다.

그러고 보니 건너편에 앉은 노인네도 교복 입은 학생도 모두 배고픈 사람들처럼 보였다. 명자는 문득 헌옷 가게를 처분해서 밥집을 내면 어떨까 궁리했다. 끼니가 힘겨운 사람들에게 밥을 해 주고 싶었다. 공짜라면 자존심 때문에 오지 않을 사람들도 천 원을 낸다면, 떳떳이 밥을 먹을 수 있지 않을까? 천 원으로는 쌀값도 부족하겠지만, 시장에서 시래기를 거두어 말려서 된장국을 끓이고 반찬은 세 가지를 만들면 되지 않을까? 명자는 관절염 때문에 밥을 하기 어려운 손의 사정이며 천 원 밥집을 유지할 돈이 수중에 없다는 문제는 계산하지 않았다. 그것이 원당할미의 대답이라는 것을 알았기에, 명자는 마음이 둥실 떠올랐다. 둥기동 당당 둥기동 당당…. 풍장굿 소리도 점점 빨라졌다.

그 집 앞

 가끔 시간의 호흡이 멈추는 때가 있다. 흡, 하고 숨을 고르는 시간의 호흡을 느끼는 그런 시간. 내가 그 집 앞에 문득 멈춰 선 것도 바로 그런 순간이었다. 지금에 와서 이유가 무엇이었을까 생각해보았지만 특별한 것은 없었다. 굳이 핑계를 대자면 빨간 장갑 때문이라고나 할까. 신호등 건너편에 선 소녀가 끼고 있던 빨간 장갑을 보는 순간, 나는 어떤 세계로 빨려 들어가는 기분이었다. 소녀는 장갑을 낀 손을 호호 불고 있었다. 코끝이 맵짜한 바람이 불고 있어서 가죽장갑을 낀 내 손끝도 시렸다. 소녀의 장갑으로 말하자면 특별한 것은 없었다. 빨간색 털실로 짠 벙어리장갑이었다.
 신호등을 어떻게 건넜는지 어떻게 해서 내가 그 집 앞에 와서 서 있는지 나는 어리둥절했다. 시간은 그로부터 훌쩍 지나 있었다. 조금 낡기는 했지만 그 집의 테라스는 아름다웠던 예전의 자취가 남아 있었다. 〈蘭 레스토랑〉이었던 상호가 〈카페 蘭〉이라고 바뀌어졌을 뿐, 건물의 외관은 특별히 바뀌지 않았다.

카페의 밀문은 자동문으로 바뀌어져 들어서는 내 발걸음에 따라 스르르 열렸다. 실내 장식은 의외로 예전과 달라 보이지 않았다. 등을 깊숙이 파묻을 수 있는 의자와 나무 탁자들이 둥글게 원을 그리면서 정돈되어 있었다. 치타를 연상시키는 날씬한 몸매의 남자가 다가와 테이블에 잔을 놓았다. 커피를 따르고 로열 스푼에 각설탕을 얹어서 브랜디를 붓고, 거기에 불을 붙였다. 어두운 실내에서 불이 붙은 설탕이 타는 빛과 소리와 냄새가 한꺼번에 다가왔다. 푸른 불꽃이 언뜻 비춘 남자의 턱 선은 아직도 소년의 자취가 남아 있었다. 녹은 설탕을 커피에 붓고 저어서 나에게 건네면서 남자는 느닷없이 흰색 장미 한 송이를 함께 내놓았다.

"로열 커피를 시키신 분에게 드리는 나폴레옹의 선물입니다."

남자가 고개를 숙여 보이고 가버린 후에 나는 흰 장미와 장미 문양이 그려진 커피잔을 바라보았다. 나폴레옹은 로열 커피의 애호가였다고 말했던 사람이 있었다. 기억은 가파르게 협곡을 향해 내리꽂혔다.

그날 나는 집을 구경했다. 그는 한때 설계사였다고 자신을 소개했다. 지금은 레스토랑을 하고 있지만, 언젠가는 자신이 설계한 집을 짓겠다고 했다. 나와는 초등학교 때 같은 학교를 다녔다는 그였지만 나는 기억에 없었다. 내 이름의 뒷글자인 란(蘭)을 따서 레스토랑을 열었다며 그가 갑자기 고백했다. 그때 나는 누구도 내 인생에 들여놓을 마음을 먹을 수가 없을 때였다. 내게는 나 자신만이 가득 차 있었다. 게다가 그는 이미 이혼한 전 부인과의 사이에 아이가 하나 있다고 했다. 갈등하면서도 나는 친절하고 상냥한 그에게 끌려 몇 차례 더 데이트를 하였다. 내 생일 날이었다. 그는 자신이 짓겠다는 집의 설계도를 탁자 위에 펴놓고, 눈을 감으라고 말했다.

나는 눈을 감았다.

"집은 야트막한 언덕 중턱에 있어. 집으로 가는 길에는 흰 장미가 피어 있지. 바람이 불면 장미꽃에서 풍기는 향기가 집 마당까지 들어와. 창문은 덧문을 밖으로 열게 되어 있어. 창을 열면 테라스가 있는데, 거기에 서면 언덕 아래 마을과 저 멀리 강물이 흐르는 풍경이야. 반짝거리는 물결이 보일 거야. 추워? 추우면 덧문을 닫고 방으로 들어와. 방은 일층에서 이층으로 나선형의 계단으로 연결되어 있어. 계단을 내려오면 왼쪽으로는 부엌이고 오른쪽으로는 밖이 내다보이는 거실이야. 부엌에서는 뭔가 고소하고 달콤한 냄새가 풍겨. 아마도 네가 요리를 하나 봐. 아이가 뛰어다니는 거실에는 테라리움으로 장식된 유리 테이블이 있어. 엉덩이가 동글동글하고 뺨이 토실토실한 아이가 퉁탕거리면서 뛰어다니는 소리가 들리지? 가끔 거실을 내다보면서 헤실헤실 웃고 있는 너를 봐, 나는."

눈을 뜨면 혹시 그 집이 사라질 것 같아서 나는 눈을 뜰 수가 없었다.

"밥을 먹고 우리 둘은 달그락거리면서 설거지를 해. 그리고 이층에 있는 침실로 가. 나선형의 계단을 통해서. 그리고 아주 푹신하고 따스한 잠을 자는 거야. 아주 부드러운 잠이지."

내가 그의 어깨에 기대 잠이 들었다는 것을 알아챈 것은 그로부터 몇 시간이 지난 후였다. 정말로 나는 아주 부드러운 잠을 잤다는 느낌이었다. 그로부터 지금까지 나는 그토록 푹신한 잠은 자본 일이 없었다.

그 집을 보았던 바로 그 테이블에 앉아서 나는 눈을 감았다. 오래도록 그 자리에 앉아서 나는 그를 불러내고 어깨를 빌려서 잠을 청했다. 그러나 이제 그런 부드러운 잠은 돌아오지 않았다. 크리스마스 선물을 사러 나갔던 그는 다시 내게로 돌아오지 않았다. 응급실에서 만난 그의 주머니에는 빨간 털장갑이 있었다. 교통사고 후유증으로 그가 여러 해 고생했다는 말을 친구를 통해 전해 들었다. 빨간 털장갑을 갖고 싶다고 말하지 않았다면 그를 잃지 않았을지도 모른다는 생각에 나는 오래도록 죄책감에 시달렸다. 그러나 시간은 흘렀고 이제 기회는 없었다.

"끝까지 곁을 지키지 못했어요. 내게 등 돌린 운명을 맞바로 바라볼 수가 없었어요. 살아도 죽어서도 곁에 있자고 하던 약속을 지키지 못해 정말로 미안해요."

나는 그에게 변명을 했다. 갑자기 불려나온 그는 여전히 싱긋이 웃고 있었다.

커피 값을 치르는 내 발걸음을 멈추게 한 것은 치타 같은 남자의 말이었다.

"흰 장미는 돌아가신 아버지의 생각이셨습니다. 로열 커피를 드시는 분께 드리라고 당부하셨지요. 레스토랑의 상호도 바꾸지 못하게 하셨습니다. 건물의 안이나 밖 모두 웬만하면 수리하지 말라고 유언 하셨습니다."

카페 문을 나서면서 나는 비로소 카페에서 흘러나오는 음악 소리를 들었다.

오가며 그 집 앞을 지나노라면
그리워 나도 몰래 발이 머물고
오히려 눈에 띨까 다시 걸어도
되오면 그 자리에 서졌습니다.

붉은 소파

"가장 귀한 것은 뭐지?"

네 삶에서 말야, 하고 붉은 소파가 그에게 물었다. 그야 당연히 카메라지. 하마터면 그는 그렇게 대답할 뻔했다. 그는 이제 수염이 나기 시작했다는, 몇 년째 보지도 못한 아들의 해사한 얼굴이, 웃으면 갈색 고양이 같은 아내가 떠올랐다. 작업이 끝나면 그는 텅 빈 동굴이 된다. 누군가 발아래 에서부터 내부의 뭔가를 쭉 잡아 빼버린 느낌이다. 그는 육 년 동안 앵글 속의 설치를 담당했던 붉은 소파에 길게 누웠다. 마지막으로 작업을 끝내고 휴식을 취하는 자신의 모습을 담을 예정이었다. 그때 느닷없이 소파가 질문을 던진 것이었다.

"도대체 뭐지?"

대답은 그 안의 계곡 사이를 부딪치며 새로운 메아리가 되어 돌아왔다. 돌아오면 다시 질문이 되었다. 그것은 태초의 물음처럼 들렸다.

"당신이 피사체가 되어 준 사람들에게 묻던 질문이잖아."

이젠 당신 차례라고 붉은 소파는 말한다. 그는 일어나 앉았다.

처음에 벼룩시장에서 고급스러운 붉은 소파를 헐값에 사들였을 때, 덩치가 커서 그의 작업실 출입구로 들어갈 수가 없었다. 그래서 바로 앞 공원에 소파를 며칠 놓아두었다. 그러자 사람들이 공원에 어울리지 않는 붉은 소파에 관심을 가지기 시작했다. 때마침 초록이 왕성한 유월이었다. 소파 위에 앉은 사람들은 나름대로 완벽한 피사체였다. 곧 닥칠 죽음을 바라보는 노인의 시선도 있었고 뉴욕 거렁뱅이의 머뭇거리는 시선도 있었으며 조각시간에 샌드위치를 밀어 넣는 보험 외판원도 있었다. 의도적인 구도나 그로테스크한 배치는 필요 없었다. 그저 놓여짐만으로도 붉은 소파는 사람들의 시선을, 그 시대의 증언을 웅변했다.

길을 떠났을 때 그는 전 인류의 이야기를 사진에 담겠다는 커다란 숙제를 갖고 있었다. 궁전과 쓰레기장, 도살장, 그리고 빙산 위에도 붉은 소파는 놓여졌다. 그 소파 위에 앉은 사람들에게 몇 가지 질문만 던지면, 그들은 곧 자신이 걸어온 시간의 선(線)을 보여 주었다. 사진 속에 고정된 평범한 사람들의 평범하지 않은 일생. 그것은 정말 멋진 일이었다. 그저 붉은 소파를 가져다가 그들이 살아온 자리에 놓기만 하면 되었다. 그러면 자신의 왕국의 왕이 된 그들이 그의 앵글을 빛내 주었다. 그가 만났던 사람들은 플레이보이지 발행자로부터 코소보 평화유지군, 갓 잡은 곰과 함께 포즈를 취한 버몬트의 사냥꾼, 리드 보컬리스트, 설치예술가 등 세상의 갖가지 일들을 하는 사람들이었다.
"나는 평범한 가구인 너를 인류의 갤러리로 업그레이드시켰어."
그는 퉁명스러운 소리로 우물거렸다.
"그야 잘 알지. 그래도 그건 내 질문에 대한 답은 아닌걸."
그는 붉은 소파가 웃고 있는 것처럼 보였다. 지난 6년간 25개국, 10만 킬로미터를 저 붉은 소파를 끌고 다니는 여행이 그에겐 더 이상 즐거움만은 아니었다. 국경을 넘기 위해 온갖 고초를 겪어야 했고 출입국 사무소에는 낡아빠진 붉은 소파를 버리지 않고 가져가겠다는 각서를 쓰기도 했다. 그러나 앵글을 들여다보면 붉은 소파를 사랑하지 않을 수가 없었다. 붉은 소파는 앵글 안에서 스스로 빛났다. 진부하지 않되 시대와 직업, 의식과 경험의 대표성을 지닌 인물들을 상징적으로 담기 위해 필요한 것은 바로 붉은 소파뿐임을 그는 알고 있었다.
작업이 진행되는 동안 붉은 소파는 스스로 진화하고 성장했다. 그래서 이제는 자기 스스로 땅이며 역사이고, 철학이며 예술이 되었다. 그렇게 붉은 소파는 인류의 이야기를 써내려갔고,

시대를 증언하였다.

"네게 가장 중요한 것은 뭐지?"

붉은 소파는 또 묻고 있었다. 그는 소파에서 내려왔다. 마지막으로 찍을 사진은 그가 아니었다.

붉은 소파를 마지막으로 촬영한 자리는 아이슬란드 팅벨리르였다. 민주적 정치모임의 근원지이며 유럽과 아메리카가 맞닿는 자리, 우리네 삶처럼 수많은 협곡과 빈틈이 도사린 그곳에 붉은 소파는 놓여졌다. 붉은 소파를 앵글에 잡았을 때 그와 함께한 시간의 선들이 점멸하며 기록되었다.

그는 결국 붉은 소파의 질문에 대답하지 못했다. 어쩌면 그 질문을 알기 위해 아직도 셔터를 누르고 있는지도 모른다.

고추장과 나비

　해마다 초겨울이면 나는 어머니와 함께 고추장을 담근다. 봄 고추장이 좋다고 하지만 아파트에서는 늦가을에서 초겨울에 담근다. 장은 간수하기가 어렵고 햇볕이 중요하다. 겨울에는 해가 짧은 대신 볕은 더 깊이 들어오고, 날이 차가우니 고추장에 곰팡이 필 일이 적다. 겨울에 베란다로 들어오는 햇볕은 겨우 거북이 등짝만큼만 발을 들여놨다가 내뺀다. 나는 해의 기울기에 따라 자주 항아리를 옮겨 놓는다. 장맛을 지키기 위해서는 항아리를 잘 간수해야 한다. 해마다 고추장을 담그지만 나는 어쩐지 어머니가 계시지 않으면 고추장이 잘못될 것 같은 기분이 든다. 오늘도 어머니는 아침이 채 기지개를 켜기도 전에 오셨다.
　- 고추장 담가야 한다면서 여태 밥도 안 먹었냐?
　걱정스러운 얼굴로 어머니는 엿기름을 걸러놓은 함지박을 들여다본다.

- 찹쌀을 넉넉히 불리고 항아리는 볕에 잘 말려 놓았지?

어머니는 이것저것 들여다보면서 지청구를 늘어놓는다. 어머니가 오셨어도 정작 고추장을 담그는 사람은 나다. 어머니는 그저 내 뒤에 앉아 감독하고 잔소리를 할 뿐이다. 젊은 시절에는 어머니의 잔소리가 싫었는데, 이젠 도리어 잔소리를 청해 듣는다. 그 잔소리가 묵은 장처럼 익숙하고 친근해졌다.

- 눋지 않게 죽을 잘 저어야 한다.

죽을 젓는 내 뒤통수에 어김없이 어머니의 잔소리가 날아왔다. 찹쌀 알갱이가 끓는 엿기름물 속에서 죽이 되고 있다. 날 벼린 칼처럼 예민하던 나도 끓는 죽처럼 분탕질해대던 시절을 지난 후, 이제는 물러터진 죽처럼 흐물흐물해졌다. 찹쌀은 찰기가 없어질 때까지 죽을 끓여야 한다. 잘 삭고 물러 터져야만 저 고추처럼 매운 시련을 만나도 견딜 수가 있으며, 함께 무르녹아 고추장으로 익어간다. 그렇게 익고 나면 신기하게도 고추장은 찹쌀 본래의 찰기와 윤기를 회복한다.

- 사람은 몇 살쯤 되면 고추장처럼 반짝반짝하게 윤기가 돌까요?

어머니에게 물었지만 듣지 못했는지 함지박만 들여다보고 있다.

- 메주가루에 죽을 먼저 부어야지요?

잘 알면서도 나는 다시 어머니에게 묻는다.

- 그래야 잡균이 죽는 게다.

장(醬: 된장)은 누룩을 발효시켜 만든다. 잡균이 들어가면 발효 과정에서 곰팡이가 피고 장맛이 변한다. 발효되지 못하고 곰팡이가 피거나 썩어버리면 더 이상 장이 아니다. 글을 쓰는 일 또한 그러한 것이 아닐까. 장(章: 문장)을 만들려면 장(腸: 복부)에 장(藏: 씩씩할)하고 장(長)한 칼을, 장(匠: 장인)의 장(掌: 손바닥)으로 장(粧: 단장)하고 장(裝: 꾸밀)해야만, 장(薔: 장미)이든 장(丈: 어른)이든 장(欌: 장롱)이나 장(檣: 돛대)이 될 것이며, 그래야만 장(壯: 씩씩한)한 장(章: 문장)이 되고 또한 장(醬: 된장)이 된다.

- 참 이상하죠, 엄마? 이렇게 뜨거운 죽과 섞이는데, 어떻게 누룩은 남아서 장맛을 낼까요?

나는 어머니를 돌아다보며 말했다.

- 그러게 선한 것이 더 강하다고 하지 않던?

뜻밖의 대답에 나는 어머니를 바라보았다. 빙그레 웃고 있는 어머니의 머리 위로 노란 나비 한 마리가 펄럭거리며 날아올랐다.

- 난 요즘 엄마가 왜 이렇게 예쁜지 모르겠어.

나는 고추장을 젓던 긴 주걱을 놓고 기어코 어머니의 볼을 꼬집었다. 어머니의 볼에 빨간 고추장이 묻었다.

- 아이고, 숭해라. 다 늙어빠진 할망구가 이쁘긴.

볼에 묻은 고추장을 손가락으로 찍어 입으로 가져가면서 어머니는 기쁜 표정을 감추지 못한다. 요즘 나는 할머니들을 보면 그렇게 예뻐 보일 수가 없다. 허리가 꼬부라지고 백발이 되도록 자신은 끓는 죽이 되어, 고추처럼 매운 세상에서 살아남은 사람들이 보인다. 그런 생각이 들면 나와 상관없는 노인인데도, 이상스레 고마운 마음이 든다. 내게 어머니가 계셔서인지, 혹은 이제 나도 저 고추장 같은 세상맛을 조금 알아서인지 모르겠다.

- 내가 얼마나 더 고추장을 담글지 모르겠구나.
- 아유, 엄만. 십 년 전에도 그런 말 한 거 알아요?

나는 짐짓 아무렇지도 않은 듯 농담을 한다. 그러나 여든을 앞에 둔 어머니에게는 이 세상에서의 삶이 그리 길지는 않을 것이다. 요즘 어머니는 지하철을 타고 버스를 타고 무작정 여기저기 다닌다. 친구들은 모두 세상을 뜨거나 아파 누워 있으니 함께 다닐 사람도 없다. 어머니는 혼자 서울 〈도심순환버스〉를 타고 경복궁과 창경궁의 돌담을 지나고, 동대문과 청계천을 돌아온다.

- 어디 다니실 때, 조심하세요. 수술한 무릎이며 허리가 시원찮은데.

이번에는 내가 어머니에게 잔소리를 한다. 어머니는 익숙한 듯 달콤한 표정으로 그러겠다고 대답한다. 어머니도 나처럼 잔소리를 묵은 장맛으로 여기는가 보다.

― 저런, 아직 뜨거울 때 소금을 넣어야 잘 녹는다고 몇 번이나 말했니.

다시 어머니의 지청구를 듣는다. 나는 간수를 뺀 깨끗한 소금을 뜨거운 고추장에 넣어 젓고 또 젓는다. 고추장을 담그려면 팔에 알이 밸 각오를 해야 한다. 아픔 없이 거저 얻어지는 것은 없다. 커다란 주걱으로 젓고 젓다 보면 어깨며 팔에 서러움처럼 피곤이 앉는다. 고추장이 나이든 여자의 걸음걸이처럼 점점 되직해질 때까지 젓고 또 젓는다.

― 애야, 힘들 때는 그저 소금처럼 살아라. 지독하게 짜게 굴어야 돼. 녹녹하게 굴면 시끄러운 것들이 곰팡이를 피우려고 덤벼들어. 그러지 않으려면 단속을 잘 해야지. 그럴 땐 이 소금만 한 게 없는 거야.

어려움을 겪던 시절에 어머니가 해 준 말이었다. 고단한 살림이었지만 어머니는 우리 사 남매를 알뜰하게 키웠고 씩씩하게 살림을 했다. 어머니도 소금처럼 지독하게 짜게 굴었던 게 틀림없다.

― 고추장에 혹독하게 매운 청양고추와 달콤한 물엿을 함께 넣는 이유를 아냐?

나는 대답하지 않는다. 어머니에게서 다시 날아오른 눈부신 노란 나비를 보며 배시시 웃는다. 징하게 맵고 지독하게 짠 세월을 살다 보면, 언젠가 내게도 저런 나비가 날아오를까?

- 적당히 맵고 단 게 알맞게 짭조름하구나. 지금은 좀 짠 듯 싶어도 자기들끼리 문지르고 섞이면 간이 잘 맞겠어.

사는 일은 고추장을 담그는 일과 꽤 닮았다. 적당히 맵고 짠데 이상하게도 뒷맛은 달콤함이 숨어있다. 올해도 고추장이 잘 되었다.

천 개의 달

"너는 등불을 어디에다 켤래?"

머리를 빗어 넘기면서 할머니가 말을 꺼냈다. 할머니는 꼭 내 방 화장대에 와서 머리를 빗는다. 머리 빗기는 구실이고 할머니가 내게 이야기를 풀어놓는 방식이란 것을 나는 안다. 컴퓨터 앞에서 일을 하고 있던 나는 모른 체하며 얼굴을 찌푸렸다. 할머니는 컴퓨터로는 일을 한다고 생각지 않는다. 그저 그 앞에서 놀고 있다고 믿는다.

"젊었을 때는 노래에 영혼을 실을 수 있었는데, 지금은 그럴 수가 없구나. 모든 게 손가락 사이로 새어 나갔나 봐."

수상한 발언이다. 무량수전을 다녀 온 다음부터 할머니는 자꾸 이상한 말을 한다. 나는 마음처럼 그려지지 않는 도표 때문에 짜증이 났다. 평소에 모든 리포트를 도맡아 만들어 주던 석재의 미소가 떠올라 자꾸 헛손질을 하다가 할머니에게로 돌아앉았다.

"털어놓고 싶은 말이 있으면 하세요. 자꾸 딴 얘기 하지 말고."
"할 말은 뭐…. 그저 네가 뭐 하나 보려고…."
내가 말을 붙이면 할머니는 한 발짝 뒤로 물러선다.
"그 할아버지하고 함께 가신 거 알아요. 누구예요? 옛날 애인?"
"아서라. 늙은이를 놀리면 황천길이 곱지 않단다."
할머니는 손사래를 쳤다.
"선묘각에 가서 손이라도 잡으셨어요? 아무 소리 못 하시는 걸 보니 그런가 보네?"
우린 늬들과는 다르다. 그런 말이 아니야, 평소라면 할머니는 그렇게 말했을 것이다. 그런데 오늘은 끄응 소리를 내며 일어나서 방을 나가버린다.
"선묘만 의상을 사랑한 게 아닐 게다. 의상 또한 일생을 수 없는 고통으로 가슴 저미며 살았을 게야. 그러니 무량수전 아래에 그녀를 묻었지."
"의상을 사랑하다 용이 되어 묻혔다는 중국 여인의 전설이요? 휴! 그런 걸 믿어요?"
나는 할머니를 따라 거실로 나갔다.
"전설이면 어떻고 또 사실이면 어때서? 그 사람은 늬 할아버지를 만나기 전부터 알던 사람이다. 그런데 석재는 왜 요즘 오질 않니?"

할머니의 눈이 내 눈을 끌어당긴다.

"그건 다른 이야기잖아요. 할머니 이야기나 해보세요."

"늬 아버지를 키울 때는 그 애를 향해 모든 등불을 켰었지. 그 애의 깜빡이는 눈에 내 호흡을 담았고, 그 애의 손이 닿는 모든 곳에 등불을 켜두었어. 그런데 아이가 다 자라니까 내 등불을 둘 자리가 없었다. 그때 참 혼란스러웠어."

또 할머니의 독수공방 과부 시절에 우리 아빠만 바라보며 살던 신세한탄이 시작되려나 보다. 슬그머니 일어서서 자리를 피하려는데 할머니의 말이 뒤통수에 와서 철썩 붙었다.

"너는 월인(月印)이라는 말을 아니? 강 위로 달이 뜨면 그 물결마다 달이 찍힌다는구나. 천 개의 강에 달 도장이 찍힌 장엄한 광경을 상상해 봐라. 진리에 관한 말이라지만 사람살이도 그와 다르지 않아. 사소한 오해로 평생 먼 달빛만 바라보았던 나였다. 내 물결에 찍힌 달 도장은 모르고서 말이다. 석재에게 한번 오라고 해라. 그만한 정성으로 곱게 살펴주는 사람을 만나기 힘든 법이다. 너도 평생…."

할머니의 마지막 말은 안 들어도 뻔하다. 후회하지 말고 나를 필요로 하는 사람을 잡으라는 말이겠지. 석재의 노래를 한 번 들은 후에 할머니는 부쩍 나를 채근하신다. 하지만 세상살이를 먼저 걱정하는 내가 틀린 건 아니다. 노래를 한다고 누구나 다 잘 나가는 성악가가 되는 건 아니다. 대부분은 교회 성가대 앞자리나 차지할 수 있을 뿐이다. 분명한 건 노래를 밥상에 얹어 놓을 수는 없다는 점이다. 대수롭지 않은 할머니의 말이 이렇게 뒤통수에 붙어 가칫거릴 줄은 나도 몰랐다. 마음이 있어야 온갖 사물과 형상을 인식하게 되고 마음이 없으면 이러한 것들도 없어지게 된다는 글을 읽은 기억이 난다.

컴퓨터 앞으로 돌아오니 메신저에 석재가 들어와 있다. 벌써 수십 개의 메시지가 흔들리고 있다. 어떻게 할까? 새삼스레 가슴이 뛴다. 나는 잠시 눈을 감고 호흡을 고른다. 때는 밤이고 뽀얀 달빛이 가득하다. 어쩌지? 아무리 내 갈등의 물결이 흔들려도 달빛은 그대로 처절하다. 그리고 그 물결마다에 달도장이 하나씩 찍힌다. 천 개의 달이 강물을 따라 출렁이며 거대한 흐름이 되어 강을 저어나간다.

눈을 뜬 나는 슬며시 마우스를 쥐고 석재의 메시지에 손을 얹는다.

"누가 내 마우스 커서를 손 모양으로 바꾸었더라?"

"당근 나지. 그래야 네가 내 이름을 손으로 쓰다듬지."

석재의 이모티콘이 미소를 짓는다.

"내가 노래로 강물에 혼을 풀어놓으면 너는 거기에 발만 담그면 돼."

"웬 색다른 멘트?"

"그저 며칠 생각 좀 했어. 아무래도 네 밭이어야겠어."
석재는 이미 등불을 켠 것 같다.
내 손이 그의 등불을 만지작거리고 있다.

은행나무 아래에서

처음에는 그것이 꿈인지도 몰랐다. 조금 전까지 나는 은행나무 주위를 서성거렸다. 맞은편 단풍나무 밑에서 암내를 풍기는 복순이 때문이었다. 바람이 불 때마다 달착지근하고 새큰하면서도 누릿한 냄새가 밀려왔다가 흩어졌다. 체취가 강한 거리에 있으면서도 다가서지 못하는 까닭은 복순이의 앙칼진 눈 때문이었다. 겉으로는 뽀얀 얼굴이 순하고 허술해 보여도 언제 이빨을 드러낼지 모르는 년이다. 나는 들키지 않게 복순이의 새침한 눈을 자꾸 흘끔거렸다. 내 거라고 진즉에 침을 발라놓긴 했어도, 언제 경쟁자가 나타나서 복순이를 채갈지는 모르는 일이다. 속을 태우며 안달하는 나를 거들떠보지도 않고 복순이는 새벽부터 야무지게 소리를 질러댔다. 논에 물을 대러 나오는 사람이라는 걸 알면서도 저렇게 성질을 부린다. 복순이에게 가려고 가죽 줄을 얼마나 열심히 물어뜯었는지 슬슬 눈이 감겨왔다. 턱을 괴고 눈을 감자마자 나는 곧 이상한 나라로 빨려 들어갔다.

  설레는 표정의 아이들은 삼삼오오 둘러앉아 저마다 재밋거리에 열중하고 있다. 찌직거리는 소리가 들리더니 두 시간 후면 제주도에 도착한다는 방송이 나온다. 스피커가 뭐라고 떠들거나 말거나 여자애들은 셀카에 집중한다. 복순이도 비스듬히 벽에 기대어 얼짱 각도를 잡는 중이다. 나는 잽싸게 뒤로 끼어들며 V자를 그려 함께 인증 샷을 찍는 데 성공한다. 야, 뭐야. 복순이가 달려들어 팔뚝을 꼬집는다. 달달하고 새큰한 복순이의 냄새. 엄마 네 시간 정도면 제주도에 도착한대. 보고 싶어 뿌잉뿌잉. 매일 다투던 엄마에게 낯간지러운 문자를 날리는 친구도 있고, 이어폰을 둘이 나눠서 끼고 음악을 듣는 친구들도 있다. 남자애들은 대부분 게임을 하느라 폰에 얼굴을 박은 채 조용하다. 나는 게임보다는 장난이 더 재미있다. 복순이의 폰을 빼앗아 달아난다. 복순이가 따라온다. 몇 개의 문과 방을 지나 갑판으로 향하는 계단에 발을 걸쳤을 때는 둘 다 숨이 차서 헐떡거린다. 야, 내 폰 내놔. 복순이의 동그란 눈이 새큰하고 귀여운 냄새를 풍겼을 때, 갑자기 쾅 소리가 난다. 계단 난간 한쪽이 떨어져나간다. 갑판 위에서 크고 무거운 뭔가가 쿵쿵 쓰러지는 소리. 누군가 외마디 비명을 지른다. 뒤따르던 복순이가 비틀거리면서 내 팔꿈치를 붙든다. 둥그런 눈이 더 커진다. 잠시 후 방송이 나온다. 학생들은 각자 자기 위치에서 대기하시기 바랍니다. 다시 한번 알려드립니다. 학생들은 모두 제 자리를 벗어나지 마십시오. 어어, 세상이 갑자기 기우뚱 기울어진다. 누군가 훌쩍거리는 소리. 등골에 오싹 소름이 돋는다. 나는 본능적으로 복순이의 손을 붙잡고 갑판으로 향하는 계단을 오른다. 야, 제자리를 지키라고 했잖아. 복순이는 투덜거리면서 손을 빼려고 하지만 나는 놓지 않는다. 기울어져 있는 계단은 미끄러워서 올라가기가 힘들다. 나처럼 불안한 애들 몇몇이 우리를 지나쳐 위로 올라간다. 야, 혼자 돌아다니면 담탱이한테 혼나. 난 내려갈래. 찬물더운물도 못 가리고 복순이는 아직도 앙탈이다. 발이 삐끗하며 미끄러진다. 한손을 난간으로 옮겨 잡은 사이에 복순이는 내게서 손을 빼낸다. 그리곤 계단을 되짚어 아래로 내려간다. 선생님 말씀이 진리고 길이요 생명인 범생이다운 선택이다. 나는 범생이를 달랠 무기가 없다. 그 사이에 계단은 더 기울어져서 난간 한쪽이 완전히 떨어져 나갔다. 갑판에 올라서자 비릿한 바람이 얼굴을 때린다. 뺨은 얼얼하고 칼처럼 날 선 바람에 숨이 토막토막 잘린다. 나는 주먹을 꼭 쥐고 아래로 내려가는 복순이를 바라보며 소리를 지르다가 잠에서 깨어난다. 눈을 뜨자 복순이는 맞은편 단풍나무 아래에서 여전히 자고 있다.

나는 사층 창문을 향해 맹렬하게 짖어댔다. 야! 왜 나를 추운 겨울 바다로 끌어들이는 거야? 네가 직접 갈 일이지 왜 나는 개입시켜? 직접 들어가기는 두려웠던 게지, 이 비겁한 구라쟁이! 그러자 사층 창문이 열리며 '그림자 손'의 희멀건 얼굴이 나타났다. 그를 '그림자 손'이라는 별명으로 부른지는 꽤 오래되었다. 그는 새벽마다 짖어대는 복순이와 나에게 고래고래 소리를 질러대곤 했다. 밤마다 편집증 환자처럼 그는 자신은 읽을 수도 없는 말을 쓰고 또 쓴다. 그래 봐야 언제 보아도 그의 손에는 말이 없었다. 그의 손은 그림자로 보일 뿐이다. 쥘 수 없는 말을 움켜쥐고 있다고 하니 그는 새빨간 거짓말쟁이임에 틀림없다.

다른 날처럼 시끄러워, 조용히 해, 하고 소리칠 법도 한데 오늘 '그림자 손'은 아무런 말이 없다. 비루먹은 망아지처럼 게슴츠레 눈을 뜨고서 나와 은행나무를 바라보고 있다. 이럴 땐 놈의 야코를 확실히 꺾어놓아야 한다. 야, 그림자 손! 너는 말의 주인이라 믿겠지만 말은 결코 다스려질 수도 손에 쥘 수도 없어. 네가 쥔 말은 그림자이고, 그림자를 쥔 네 손도 그림자야. 너는 말 앞에 나설 수도 없고 말이 어디에 있는지도 몰라. 어쩌면 너는 모른다는 사실조차 모르고 있을걸. 너는 은행나무 아래에서 짖어대는 나를 쓸 테지만, 너는 결코 은행나무를 못 읽어. 네가 복순이에게 데려가지 않는다고 해도, 난 가고 말 거야. 나는 보란 듯이 가죽 줄을 끊어버리고 복순이를 향하여 걸어갔다. 새침한 눈을 뜬 복순이가 꼬리를 살랑살랑, 아주 멋들어지게 흔들었다.

그때 '그림자 손'이 중얼거렸다. 어이, 넌 누구지? 살았니 죽었니? 너를 묶은 가죽 줄은 있는 것일까, 아닐까? 복순이의 꼬리는 보일까 안 보일까? 네가 환장하는 그 냄새는 진짜일까, 허깨비일까? 네가 묶여있는 은행나무가 있는 곳은 내비게이션으로 찾을 수 있을까? 너는 어디에 존재하지? 네가 존재하긴 한 걸까? 그래. 네 말이 맞아. 말이 존재하는 순간 나는 쫓겨나고, 말을 쓰는 순간 나는 죽어버려. 결코 나는 말을 읽을 수 없지만 말은 나를 이런 세계로 인도하지. 이를테면 지금처럼 이렇게 너와 조우하는 세계로 말이야. 내 그림자 손에 말은 쥘 수도 없고 쥐어지지도 않지만, 반드시 있고, 또 있으니까 네가 나와 말하는 거야. 그렇지 않니?

이루어질 수 없는 사랑

 오늘따라 순이의 뒷모습이 쨍쨍하다. 옆구리에 광주리를 끼고 비스듬히 걷는 순이의 매끈한 등에서 철수는 눈을 뗄 수가 없다. 순이의 봉긋한 엉덩이가 실룩거리면 어쩐지 농익은 복숭아의 단내가 풍기는 것 같아 철수는 맘이 조마조마하다. 순이가 사라진 모퉁이를 흘끔거리다가 철수는 츕, 침을 삼켰다.
 "마누라를 보매 침 흘리는 병신은 너밖에 없을 거여."
 어머니의 매서운 손바닥이 철수의 평평한 등짝을 후려쳤다.
 "엄니는 내가 침 삼키는 것꺼정 감시하나?"
 볼멘소리를 하며 돌아서더니 철수는 전지가위로 멀쩡한 오이 가지를 싹둑싹둑 잘랐다. 어느 틈에 날아온 어머니의 매서운 손바닥에 철수의 등짝은 또 불이 번쩍 났다.
 "야, 그래 정신 못 차리겠으면 퍼뜩 집에 갔다 오던가!"

아그, 아까운 거, 츳츳…. 혀를 차는 소리를 뒤로하고 철수는 부리나케 집을 향해 뛰어갔다. 철수가 가지고 있던 가위며 양동이가 우당탕 덜그럭 굴렀다.

땀에 젖어 번들거리는 철수의 얼굴을 보고 순이는 그럴 줄 알았다는 듯 샐쭉한 표정으로 방으로 들어간다. 그 뒤를 철수가 키득거리며 뒤따른다. 밖에는 유월의 해가 여전히 중천에서 번들거리고 외양간의 순한 송아지는 움머어~ 길고 길게 울었다. 박씨네 물레방아는 오늘따라 더 요란하게 철퍽철퍽 물을 쏟아내고, 고개 너머 어머니는 여전히 허리를 굽힌 채 밭을 매고 있다.

헤실헤실 웃으며 돌아온 철수에게 어머니는 막걸리 사발을 내밀었다. 철수는 어머니를 흘끔 쳐다보더니 사발을 받아들고 벌컥벌컥 마셨다.
"그래 좋나? 어이?"
막걸리를 마시고 수건을 고쳐 쓴 어머니가 손등으로 입을 닦는 아들을 바라보며 물었다. 젊은 나이에 딴 살림을 차려서 집을 나간 남편 대신에 아끼고 아끼며 키운 아들이었다. 참으로 지나온 세월이 요 막걸리 맛과 같다고 어머니는 생각했다. 시큼털털하고 별 맛이 없는 것 같지만, 톡 쏘는 맛이 있고 한 목구멍 넘기면 어쩐지 달달한 맛이 자꾸 당기는 것처럼. 시난고난 사는 듯싶어도 새로 생긴 하루를 날마다 머리에 이게 되니까. 아들만 바라보며 살아온 세월로 가슴속에 커다란 산(山) 하나를 만들어 놓은 어머니는 부신 눈으로 아들을 바라본다. 그러나 철수는 어머니의 간절한 표정을 살필 겨를이 없다. 새침한 표정으로 어깨를 떨던 순이 생각만 가득하다.

  철수가 곁에 두고도 그리워하는 순이도 영 딴 짓이다. 툇마루에 앉은 순이는 거울을 들여다보고 있다. 시골아낙 같지 않게 뽀얀 얼굴과 오똑한 콧날이며 갸름한 턱이 아무리 보아도 어여쁘기만 하다. 개수통에는 설거지가 가득하고, 볕 좋을 때 빨아서 널라고 시어머니가 내놓고 간 이불호청이 아직 그대로 마루에 널브러져 있건만, 순이는 여전히 거울만 들여다보고 있다. 왼쪽으로 눈을 내리깔아보고 오른쪽 어깨를 들어 올려 귀까지 올려도 보면서. 또 봉긋한 젖가슴까지 샅샅이 훑고 쓰다듬고, 보고 또 보느라 오늘도 순이의 하루는 짧기만 하다.

  먼 산에 걸터앉은 해는 이 꼴을 죄다 보았으나 오늘도 점잖게 못 본 체 고개를 돌리고 아무런 말이 없다.

별사탕 팝니다

 며칠째 〈보리수〉에 기수가 보이지 않는다. 녀석이 테이블 사이를 돌아다니며 너스레를 떨 때는 눈엣가시처럼 밉살스럽더니 정작 보이지 않자 카페가 텅 빈 듯 허전하다. 녀석이 요즘 열을 올리던 여자도 함께 보이지 않는 걸 보면 둘이 여행이라도 갔는지도 모른다. 카페의 문을 열고 들어서는 녀석의 싱거운 웃음이 떠올랐다.

 기수가 별사탕을 팔기 시작한 것은 그리 오래전 일은 아니다. 언제부터인가 녀석은 스스로 자판기라며 떠들고 다녔다. 사람이 어떻게 자판기냐고 의아해하면 남들에게서 돈을 받고 물건을 내어 주는 일을 하니 자판기라는 것이다. 틀린 말은 아니었다. 녀석은 일정한 직업을 가진바 없는 백수건달이었고, 자신의 생활을 타인에게 의탁하여 살았다. 아니, 사실 의탁하여 살았다는 말은 조금 각도가 빗나간 말이다. 다른 사람들에게 돈을 받아서 살아가고는 있지만 녀석이 타인에게 기대거나 피해를 입힌 일이 없기 때문에 꼭 의탁했다고 할 수는 없었다. 또 타인에게 돈을 뜯어내거나 억지로 자신의 욕구를 드러낸 일도 없다. 그저 사람들이 스스로 와서 녀석에게 돈을 내고 자신에게 필요한 무언가를 얻어갔을 뿐이다.

"히히, 나는 커피 자판기야. 그래도 길거리에서 동전 몇 닢으로 종이컵 속에 싸구려 커피를 담아내는 그런 자판기는 아니라고. 에스프레소, 아이리스, 초이스까지 준비된 고급 커피 자판기라구."

그렇게 말하며 싱글거리며 웃지만 녀석이 커피 따위를 판 일은 없었다. 정확히 따지자면 커피를 판 사람은 녀석이 아니라 나였다. 녀석이 한 일이 있다면 나의 〈보리수〉라는 커피숍에 커피를 마시러 온 사람들 옆에 붙어 앉아 시시껄렁한 이야기를 나누며 빈둥거리는 게 전부였다. 내 커피숍 귀퉁이에서 녀석은 커피를 얻어먹고 밥과 술을 해결했다. 커피는 내가 팔았지만 언제부터인가 녀석이 커피를 파는 것 같은 분위기가 되어버리고 말았다. 중학교 동창이라는 명분으로 계속 찾아오는 녀석에게 뭐라 꼬집어 싫은 소리를 할 수도 없었.

"커피는 내가 파는데 왜 네가 파는 듯이 떠벌리고 다녀?"

참다못한 내가 한 마디 했다. 녀석의 처진 눈꼬리가 더 아래로 휘어지면서 잠시 생각하는 듯싶더니 빙글빙글 웃기만 했다. 그러다 뜬금없이 한다는 말이 "그럼 별사탕이나 팔아볼까?"였다. 그러더니 다음날부터 호주머니에 한 움큼의 별사탕을 가져왔다.

그 별사탕에 특별한 점은 없었다. 이, 삼십 년 저쪽에서 어린 시절을 보낸 사람들이 기억하는 그런 평범한 별사탕이었다. 단순히 설탕 덩어리를 녹여서 만든 흰색의 별사탕 속에는 분홍색과 연두색의 별사탕도 간간이 섞여 있었다. 그걸 어디서 구했느냐고 물었더니 그건 사적인 비밀이라면서 콧등을 찡긋하곤 구석자리 손님들에게로 다가갔다. 그리고는 이쪽저쪽 자리를 옮겨 다니며 별사탕을 팔기 시작했다. 녀석은 우선 처음 보는 손님들에게 넉살 좋은 입담을 자랑하며 시시껄렁한 이야기를 꺼낸다. 그러면 처음에는 눈살을 찌푸리던 손님들도 녀석의 너스레를 들으면서 서서히 경계심을 누그러뜨리는 기색이더니, 신기하게도 곧 친해진다. 그러면 녀석은 호주머니에서 부스럭거리며 예의 별사탕을 꺼내놓는다. 그런 별사탕을 누가 살까 싶었는데 그게 아니었다. 그의 별사탕을 찾는 고객들이 생기기 시작했다. 별사탕 하나에 천 원이 되기도 하고 만 원이 되기도 하는 눈치였다. 제법 쏠쏠한 장사였다.

사람들이 무엇 때문에 그를 찾는지는 알 수 없었다. 그러나 그가 자판기 역할을 했다는 말처럼 그들이 원하는 상품을 주고 돈을 받은 것만은 확실했다. 길거리의 커피 자판기와 다른 점이 있다면 누가 그에게 얼마를 내고 무엇을 얻어갔는지 알 수는 없다는 점이었다. 그러나 그에게 왔던 누구든 어떤 해답을 얻은 듯 만족한 얼굴로 돌아갔다.

그를 찾는 사람들은 대부분 어떤 문제를 해결하지 못해서 찾아오는 사람들이 대부분이었다. 연인과 헤어진 상처의 치유를 위해 또는 취직이 안 되어서 혹은 그저 짧은 가을이 지나가는 게 너무나 쓸쓸해서, 돌아가신 어머님 생각에 슬픔에 잠긴 사람도 있었다. 그런데 그런 모든 사람들에게 내리는 그의 처방이라는 게 별사탕이었다. 흰색 별사탕 10개에 분홍색 별사탕 2개는 실연의 슬픔을 이기는 처방이었고 분홍색과 연두색이 1개씩 섞인 20개의 별사탕은 죽음의 심연 속으로 사라진 이들을 놓아보내는 처방이었다. 우울증은 흰색 7개와 연두색을 부스러트려서 섞은 처방을, 돈 때문에 어려움을 겪는 사람을 위해서는 특별히 연두색 3개를 처방했다.

아내와 7년간의 결혼생활을 청산하는 서류를 접수하고 난 다음 날, 허전함을 감추지 못하는 나를 위해서 그가 한 일도 별사탕 처방이었다. 흰색과 분홍과 연두색이 섞인 별사탕 3개를 삼키면서 나는 웬일인지 마음이 가벼워지는 기분이 들었다. 사실

나로 말하자면 녀석을 신뢰하지 않았다. 일하지 않고 빈둥거리며 먹고사는 인간들을 경멸해왔기 때문에 녀석을 교활한 게으름뱅이라고 생각하고 있었던 것이다. 그런 내가 그의 이상한 처방약을 먹게 된 것은 기왕 이렇게 된 바에야 아무렴 어떤가 하는 심정이었기 때문이었다. 3년간의 연애와 7년간의 결혼생활을 돌이켜보면 왜 사람의 마음이 세월 따라 바뀌는지 사랑이란 게 존재하고 있는지 모든 것이 허무하기 짝이 없었다. 나는 죽어서도 아내를 사랑할 것 같은데 그녀는 아니라는 것이다. 법원 정문 앞에서 기다리고 있던 〈체어맨〉 승용차에서 내려서 그녀를 에스코트하던 남자는 목이 두툼하고 뱃살이 나왔으며 눈을 떴는지 감았는지 알 수가 없는 남자였다. 엉덩이도 나보다 예쁘지 않은 남자를 택한 그녀의 진심을 나는 알 수가 없었다.

"아이, 우리 예쁜 엉덩이!"

콧소리를 내면서 내 엉덩이를 토닥거리던 그녀를 어떻게 잊을 수 있단 말인가! 그런데 이상한 일이었다. 녀석의 별사탕 처방 약을 먹고 나니 사는 일이 그렇게 다 어긋나는 일뿐이었거늘 뭘 그리 심각하게 머리를 싸매고 있나 하는 자조적인 웃음마저 나왔다. 그러나 나는 알고 있었다. 단지 녀석이 준 별사탕만이 나에게 힘이 된 것은 아니었음을. 다만 나에게 그 별사탕을 줄 때까지 녀석이 나와 보낸 시간의 힘이 그것이었음을. 녀석은 코가 비뚤어지도록 술을 같이 마셔주기도 했고 새벽에 한강 다리 밑에서 욕을 하는 내 곁에서 함께 욕을 해 주기도 했다.

"이 나쁜 X아! 쌍X아!"

하고 소리를 지르면 녀석도 내 어깨에 손을 얹고 똑같이 피를 토하는 소리로

"이 나쁜 X아! 쌍X아!" 하며 응수했다.

한 시간 동안이나 입에 담지도 못할 욕을 했는데, 녀석도 나처럼 목청을 돋우며 소리를 질러줬다. 그러다 그 자리에 주저앉아 엉엉 울어버렸을 때도 녀석은 나보다 더 엉엉 소리를 내어 울었다. 그렇게 녀석의 처방에는 그 자신이 온전히 담겨 있었다. 친구로서 할 수 있는 최대한의 동조로 그를 투사시키는 일이 그것이었다. 내 경우에는 그렇게 온몸을 던져 함께 감정을 공유한 녀석의 성실한 동조가 그의 처방이었다고 말할 수 있다. 다른 사람들의 경우에는 어떤 것이 힘이 되었는지는 알 수가 없다. 다만 그 사건 이후로 나는 녀석의 별사탕 처방에는, 상대에게 그 자신을 온전히 내어주는 무엇이 있다는 사실을 짐작할 수 있었다. 요즘처럼 바빼 돌아가는 세상에는 제아무리 가족이나 친구라 해도 그렇게 온전하게 감정을 공유하기는 힘들지 않은가! 사람들이 녀석의 별사탕 처방을 찾는다지만 사실은 그가 세상일을 해석하고 타협하는 그의 잣대에 잠시 기대려는 것이리라. 이상하게도 녀석은 문제를 관통하는 힘을 가지고 있었다.

녀석의 출신이나 가족에 대해 아는 사람은 아무도 없었다. 녀석이 부모형제에 관한 일을 이야기한 일도 없었지만 아무도 녀석이 누구인지 알려고 하지 않았다. 자판기의 생산업체가 어디인지 알려고 하는 사람이 없는 것처럼 사람들은 녀석에 관해서 알려고 하지 않았다. 다만 자신들이 필요한 것을 취하는 데에 녀석을 이용했을 뿐이었다. 녀석은 이러저러한 세상일에 지친 사람들이 커피 한 잔을 마시며 찾아가는 커피숍 같은 존재였다.

카페의 문을 닫으려다가 나는 출입문 옆에 붙어 서 있는 녀석을 발견했다. 며칠 새에 수척해진 얼굴로 벽에 붙어 서 있는 것조차 힘들어 보였다. 겨우 부축해서 소파에 앉혔는데, 녀석의 눈에서는 뭔가가 빠져나간 것처럼 허옇게 들떠 있었다.
"무슨 일이 있어? 어디 아픈 거야?"
내가 물었지만 그는 고개만 저었다. 그리고는 물 한잔만 달라고 했다. 며칠 동안 물 한잔 마시지 못한 사람처럼 벌컥거리며 물을 마시고 나더니 녀석이 말했다.
"자판기가 고장났어. 별사탕 처방이 영 안 들어."
사연인즉 그간 동거하던 여자에게 채였다는 것이었다. 다른 사람에게는 별사탕 처방이 맞았는지 몰라도 녀석에게는 잘 맞지 않았던 모양이었다. 그날 밤 나는 녀석과 코가 비뚤어지도록 마셨다. 그리고 한강 다리 밑에서 약삭빠르게 살펴야 하는 세상과 명품 가방만 원하는 공주님들을 향해 큰 소리로 욕을 했다. 콧물과 눈물이 범벅된 우리 둘은 술로 떡이 되어 여관방에서 코를 골며 잠을 잤다.

다음 날 〈보리수〉에는 별사탕을 주머니에 불룩하게 넣은 녀석이 다시 나타났다.

도깨비 연가

'이 도깨비를 받아줄까? 말까?'

은혜는 무대로 나가서 꼭지점 댄스를 추고 있는 명태를 흘깃 쳐다보았다. 빨간 도깨비뿔 머리띠를 쓴 명태는 영락없는 도깨비처럼 보였다.

"은혜야, 큰 소리로 응원에 참여해 봐. 그래야 독일까지 우리의 끓는 피가 전달되는 거야. 마음을 합하는 기쁨을 느껴 봐."

무대에서 내려온 명태는 은혜의 머리 위에 반짝거리는 도깨비뿔 머리띠를 씌워 주었다. 뾰루퉁한 표정으로 앉아 있는 은혜가 마음에 걸려서, 명태는 어깨를 덩싯거리면서 더 신명나게 꽹과리를 두들겨 보였다.

'프랑스에게 먼저 골을 내주었는데, 왜 신이 난담?'

은혜는 영 마음이 풀리지 않았다. 받았던 아이리스 꽃다발을 명태에게 던져주고 횡하니 집으로 가버리고 싶었다. 그런 은혜의 마음과 상관없이 무릎에 놓인 아이리스는 조명을 받아서 청보라 빛 미소를 짓고 있었다. 은혜가 좋아하는 꽃이었다.

은혜는 경마장에서 응원을 하게 될 줄은 꿈에도 상상하지 못했다. 지난달만 해도 명태는 독일로 갈 것처럼 큰소리를 쳤었다. 공항에 싸갔던 여행 가방을 되가지고 온 날, 이미 은혜의 자존심은 멍들었다. 독일에 꼭 가야 하는 친구에게 그날 아침 비행기표를 팔았다고 명태는 말했다.

"걔는 붉은 악마라서 꼭 독일에 가야 하는데, 돈이 늦게 준비되었대. 그들이 출발하는 비행기 좌석이 만원이라니까 내가 양보했지."

'하긴 그날 끝내고 말았어야 했는데, 이 과천의 경마장까지 따라왔으니, 내 잘못이야. 사이(PSY)의 콘서트만 없었다고 해도 따라오지 않았을 텐데, 공짜 콘서트 좋아하다가 이렇게 되어버렸어.'

은혜는 자신이 한심스러웠다. 팔을 들어 올리며 대!한!민!국!을 외치는 사람들 사이에서 홀로 동떨어진 섬이 되어버린 기분이었다. 도대체 저들과 마음이 합해질 수 있을지 의심스러웠다.

은혜는 국내에서 가장 크다는 LCD 화면을 바라보았다. 경기는 답답하고 좀처럼 풀리지 않았다. 우리 선수들은 그들에 비해서 경험이 부족했고 덩치에 밀려서 하프라인을 넘지도 못했다. A매치를 처음 나가는 선수도 있었고, 우리나라 선수들 연봉을 모두 합해도 프랑스 지단 선수 한 사람 연봉에 미치지 못한다는 말도 들렸다. 개인적으로 만나면 사인을 받고 싶은 유명한 선수와 함께 경기를 하니 떨릴 법도 했다.

전반전이 끝나자 명태는 컵라면 두 개를 사 왔다. 나무젓가락을 쪼개서 은혜에게 내밀면서 명태는 라면 위에 통장 하나를 얹었다.

"비행기 표를 팔았던 돈이야. 쓰나미 피해자에게 보낼까 인도 지진 피해자들에게 보낼까 망설이다가 통장을 만들었어. 다른 중요한 것들도 많은데, 학생 신분에 독일 원정 응원이라니 좀 아깝다는 생각이 들었어. 은혜가 은혜를 주고 싶은 곳에 써."

명태는 코를 찡긋하며 씨익 웃었다.

"꼭 도깨비처럼 군다니까! 통장 하나로 감동 먹으라는 뜻이라면 사절이야."

은혜가 눈을 흘기며 명태의 등을 세게 때렸다. 근육질이거나 넓은 등판은 아니었지만 어쩐지 믿을만한 등판처럼 여겨졌다.

라면을 다 먹기도 전에 사람들 사이에서 '대한민국!' 하는 함성이 터져 나왔다. 후반전이 시작되었다. 선수들은 전반전보다 훨씬 조직력이 살아나고 있었다. 프랑스의 노장들은 우리 선수들의 빠른 발에 지친 기색이 역력했다. 경기를 주도하고 있다는 느낌은 들었지만 골은 쉽게 터지지 않았다.

"야! 김치 근성, 고추장 근성을 발휘해 봐!"

명태는 지치지도 않고 꽹과리를 울려댔다. 그때였다. 문전에서 혼전을 거듭하던 우리 팀이 상대의 빈곳을 파고들었다. 사방돌이 박지성의 맛깔스러운 재치골이 터졌다.

"골인! 골인!"

은혜는 명태를 끌어안고 깡충깡충 뛰었다. 경마장에 모인 사람들 모두가 누군가를 끌어안고 기뻐하고 있었다. 명태가 돌았다. 은혜도 돌았다. 초대형 LCD가 빙빙 돌고, 경마장의 사람들이, 둥그런 축구공이 돌고 돌았다. 환한 조명등도, 간간이 점을 박은 검푸른 하늘도 빙글빙글 돌았다. 돌아가는 세상 틈에서 은혜는 잠깐 궁금했다. 자신의 기쁨이 과연 마음이 합한 움직임이었는지, 혹은 군중심리에 함께 흘러간 것이었는지, 아니면 라면 뚜껑에 얹어진 통장 탓이었는지, 더운 명태의 입술이 은혜의 뺨에 살짝 찍은 무엇 때문이었는지 알 수가 없었다. 다만 그 순간 세상이 빙그르르 돌고 있었다. 단순하여 짧고 아름다운 원이었다.

빨간 탁구공의 비밀

"재봉아, 완전 웃기는 비밀이 있어!"

레인이 재봉을 향해 생긋 웃었다.

"나랑 탁구를 치면 빨간 탁구공의 비밀을 알 수 있어. 진짜야!"

인터넷에 떠도는 빨간 탁구공에 대한 이야기였다. 탁구공이든 뭐든 재봉은 레인의 억양이 이상하게 듣기 싫었다. 불과 삼 년밖에 안 되는데 레인은 한국말을 빠르게 배워 익혔다. 어떤 때는 재봉도 놀랄 정도의 어휘를 구사했다. 그러나 아무리 애를 써도 외국인 특유의 미묘한 억양은 남았다. 필리핀에서 중학교에 다닐 때 레인은 탁구 선수였다. 가정 형편이 어려워서 중학교를 중퇴하고 어머니의 가게를 도와주다가 한국으로 왔다고 했다.

재봉은 레인의 모든 것을 싫었다. 어두운 갈색 피부도 싫었고 굵은 쌍꺼풀이 있는 커다란 눈도, 가는 어깨며 몸집도 싫었다. 무엇보다도 싫은 점은 아빠와 한방을 쓰는 일이었다. 두 사람의 사이가 좋아 보여도 엄마 노릇을 하려고 할 때도 재봉은 참을 수가 없었다. '주민등록증이 나왔다고 다 한국 사람이야? 호박에 줄을 긋는다고 수박은 안 되거든!' 재봉은 실눈을 뜨고 속으로 으르렁거렸다.

"빨간 탁구공이 검정고시에 합격하게 해 준대."

합격이라는 말에 재봉의 눈이 동그래졌다. 중학교 때 재봉은 '재봉틀'이라며 놀리던 친구를 때려 이빨 세 대가 나가게 했고, 그 일로 퇴학당했다. 나쁜 일은 꼬리를 물어, 아버지의 사업 실패와 어머니의 가출이 이어졌다. 자신에게 돈 몇만 원을 쥐어 주고 집을 나간 엄마를 생각하면 재봉은 하찮은 일에도 시비가 붙었고, 자다가도 화가 나서 벌떡 일어나 앉아 있곤 했다. 중학교 검정고시는 어찌해서 패스했지만, 재봉이 혼자서 고등학교 과정을 해내기에는 벅찼다.

재봉과 함께 탁구를 칠 때, 레인은 빨간색으로 칠을 한 탁구공으로 경기를 했다. 핑퐁 핑퐁 뚝딱 뚝딱 빨간 탁구공은 어쩐지 더 경쾌한 소리를 냈다. 첫 경기 후에 자장면을 먹던 날, 재봉은 레인에게 검정고시 고등과정을 혼자서 공부하기가 얼마나 어려운지 털어놨다. 배우지 않은 수학문제나 어려운 물리는 아무리 책을 붙들고 있어도 소용없다고 말했다.

"책상 앞에 앉아 혼자 끙끙대며 머리를 쥐어박아도 안 풀리는 문제가 있어."

사정을 들은 레인은 재봉에게 독서실을 등록해 주었다. 두 번째의 경기 후에 레인은 자신의 이름이 가수 '비'를 좋아해서 개명한 것이라는 비밀을 털어놨다. 다음 날 재봉은 레인의 가방에 자신이 듣던 가수 비의 음반을 슬며시 넣어두었다. 가끔 비의 노래를 틀어놓고 몸을 흔들던 레인에게 주는 재봉의 선물이었다. 세 번째의 탁구가 끝나자 재봉은 용산의 검정고시 학원에 다니게 되었다. 덕분에 재봉은 혼자 공부할 때는 무슨 말인지 알 수도 없었던 미적분도 풀 수 있게 되었다.

레인과의 탁구가 거듭될수록 재봉은 레인에 대해 알게 되었다. 레인이 한국 음식 만드는 일을 제일 어려워한다는 점과, 아버지의 구취가 심해서 괴롭다는 점 등을 알았다. 레인은 주민센터에서 하는 요리교실을 다니기 시작했고, 재봉의 아버지는 스케일링 치료를 했으며, 냄새의 원인이었던 위장병 치료를 받았다. 재봉은 레인이 만든 샌드위치를 싸가지고 독서실로 갔고, 레인은 요리교실에서 배운 바지락을 넣고 된장찌개를 끓여냈다.

탁구를 치러 갈 때마다 레인은 탁구공에 새로 빨간색으로 칠을 했고, 탁구가 끝나면 그 탁구공을 망치로 때려서 부쉈다. 탁구가 계속될 때마다 탁구공은 빨갛게 칠해졌고 또 부서졌다. 재봉은 탁구공이 부시질 때마다 골칫거리가 하나씩 사라지는 기분이 들었다. 빨간색 탁구공에 집중해서 경기를 하듯 재봉은 공부에 더 쉽게 집중하게 되었다. 또한 분을 못 이겨 남들과 시비 붙는 일도 차츰 없어졌고, 밤에 자다가 벌떡 일어나 앉지도 않았으며 아침까지 잘 자게 되었다.

집을 나간 엄마 생각도 저만큼 멀어졌을 때, 재봉이 검정고시에 합격했다.

"이제는 빨간 탁구공의 비밀을 알려줘요."

재봉이 비밀을 알고 싶어 할 때마다 레인은 검정고시에 합격하는 날 알려 주겠다고 미뤄왔다. 마침내 그 비밀을 알려 주어야 할 때가 되었다.

"저, 그게 말이야…"

레인은 비밀을 알려 주기가 아깝다는 듯이 빙긋이 웃었다.

"빨간 탁구공은 없다는 게 비밀이야. 내가 색칠한 공이니까, 원래는 빨간 탁구공이 없는 게 맞잖아."

재봉이 허탈한 표정을 짓자 레인이 웃기 시작했다. 레인이 웃는 것을 보고 재봉이 다시 웃음을 터트렸다. 둘이 웃기 시작하자 서로 웃는 모습이 우스워서 또 웃고, 웃는 게 웃겨서, 웃고 있다는 사실이 또 우스워서 더 많이 웃었다. 웃음이 웃음을 불러와 큰 웃음 덩어리를 만들었다. 재봉과 레인은 너무 웃어서 눈물과 콧물이 흐르고 뱃가죽이 당겨 아프기까지 했다. 한참을 웃던 재봉이 흘러내린 침을 닦으며, "그래서 인터넷에서도 '빨간 탁구공의 비밀'을 안 사람은 그렇게 웃었구나!"하곤 또 데굴데굴 구르며 웃었다.

101동 1004호에서는 오랜만에 진짜 웃음이 한참 동안 계속되었다.

그녀의 꽃

 시동을 걸고 차를 출발하려다가 그녀는 순간 멈칫했다. 갑자기 등줄기가 후끈 달아오르더니 가렵기 시작했다. 긁으려고 했지만 공교롭게도 가려운 곳은 왼손도 오른손도 닿지 않는 사각지대였다. 긁지 못해서 초조한데 뒤에 있는 차가 경적을 울리며 재촉했다. 그녀는 운전석에 등을 거칠게 문지르고 백화점 주차장을 빠르게 빠져나왔다. 바야흐로 봄이 겨드랑이를 쭈욱 기지개를 켜는 계절, 가로수에도 물이 올라 연둣빛이 아른대고 있다. 또다시 등줄기에서 신호가 왔다. 긁을 수 없는 곳이 가려우니 그것은 차라리 통증에 가까웠다.

 몇 달째 느닷없이 등이 가려운 증상에 그녀는 괴로웠다. 조금 전 판매원이 77 사이즈의 원피스를 가져왔을 때도 등에서 신호가 왔다. 늘 55 사이즈만 입었는데, 77이라니! 원피스는 지브라 프린트가 갈색 바탕색과 어우러져 세련되어 보였다. 당연히 클 것이라고 예상했는데, 사이즈가 잘 맞아서 오히려 마음에 들지 않았다. 게다가 그녀는 거울 앞에서 옷매무새 너머의 것을 보고 말았다. 둥그스름해진 어깨에 부스스한 머리, 푹신한 뱃살과 턱 선이 무너져 우울해 보이는 얼굴이 그녀를 멀뚱하게 바라보고 있었다. 잘록한 허리에 깊은 쇄골이 예뻤던 대학 시절의 몸은 찾아볼 수 없었다. 탈의실에서 원피스를 벗다가 그녀는 옷걸이를 뒤로 넣어서 등을 벅벅 긁었다.

건널목 신호등 앞에 섰을 때, 그녀는 차 앞을 지나가는 배낭을 멘 여대생을 보았다. 찰랑거리는 긴 머리채가 나풀거릴 때마다 풋풋한 향기가 풍기는 것만 같았다. 그녀는 나지막하게 한숨을 쉬었다. 야간대학을 다니던 시절이 떠올랐다. 젊은 시절에 그녀는 쉬지 않고 달렸다. 어려운 집안 살림에 동생들 뒷바라지, 야간대학을 졸업할 때까지 그녀는 멈추지 않았다. 멈추는 순간 꽃을 피울 기회조차 없을까 봐 늘 초조해 했고, 어쨌든 한 발이라도 더 내딛기 위해 고군분투하며 살아왔다.

아이들을 좋아하던 그녀는 선생님이 되는 것이 꿈이었다. 일이 잘 풀렸다면 그녀는 자신의 바람대로 아이들에게 좋은 스승이 되려고 애쓰면서 살았을지도 몰랐다. 사실 결혼 같은 것은 계획에도 없었다. 결혼을 재촉하던 어머니에게서 떠나고 싶던 차에, 덜컥 아이가 들어섰을 뿐이었다.

'뭣도 모르고 딱 한 번 누웠을 뿐이었는데 재수 없기는.'

그녀는 혀를 차며 중얼거렸다.

아이를 낳고 키우면서 그녀는 자신이 조금 늦될 뿐이라며 스스로를 달랬다. 그러나 아이가 고등학생이 될 때까지도 그녀는 살림과 아이에게서 손을 놓을 수가 없었다. 친정이며 시댁 쪽에서 기대오는 사람들도 많았다. 늘 어딘가에서 그녀의 손이 필요했다. 그녀는 자신의 손길이 꼭 필요한 사람들을 두고, 자신만의 꽃을 피우겠다며 돌아앉아 있을 수는 없었다. 때론 자신을 위해 냉정하자고 결심하기도 했지만, 늘 간병이 필요하거나 돌봐줘야 하는 사람이 생겼다. 이제는 자신보다 훌쩍 키가 더 커버린 아들을 보면 그녀는 짜르르 눈꺼풀이 떨렸다. 그리고는 저 녀석이 내 '꽃'이지, 다른 게 무엇이 있겠냐며 스스로를 달랬다.

요즘 들어 그녀는 포기했다고 믿었던 그 '꽃'에 대해 더 자주 생각하게 되었다. 오전 내내 고추장을 저으면서, 혼자서 몇 집의 김장을 하고 끙끙 앓으면서 그녀는 서러움에 왈칵 사로잡혔다. 가족들은 이미 잊히고 시들어버린 그녀의 '꽃' 따위는 관심도 없었다. 자신을 굽히고 희생하는 삶을 택했던 그녀였지만, 이제는 가족들이 그것이 희생이 아닌 집착이라며 귀찮아하는 눈치였다.

집안에 들어서자 그녀는 소파에 길게 누워버렸다. 아무것도 사지 않으면서 백화점을 세 시간이나 돌아다녔으니 피곤이 밀려왔다. 요즘 그녀는 오후에 낮잠을 자는 버릇이 생겼다. 새벽 다섯 시 반부터 일상이 시작되기에, 그 시간이 되면 몹시 피곤해졌다. 옷을 고르는데 몸이 들어가지 않는 꿈에서 헤매다가 그녀는 잠에서 깼다. 기절한 듯 잤다고 생각했지만 겨우 15분이 지났을 뿐이었다. 또 몸이 후끈 달아오르더니 등이 가렵기 시작했다. 욕실 거울에 등을 비춰 보았다. 쌀알만 한 종기가 입을 내밀었고 주위는 벌겋게 부어 있었다.

그녀는 종기를 도려내길 원했지만 의사는 소염제와 항생제 처방전을 주었다.
"종기도 내 몸의 일부분이에요. 아직 도려낼 때도 아니거니와 무조건 잘라낸다고 좋은 것은 아니지요."
"등이 미치도록 가렵다니까요!"
그녀가 항의했지만 의사는, 그곳에 혹시 좋은 씨앗이라도 묻었냐며 벙긋 웃었다. 살짝 기울어진 아지랑이 같은 웃음이었다. 씨앗이라…. 그녀는 아득한 기분에 사로잡혔다. 그리고 구체적으로 '꽃'에 대해 생각하기 시작했다. 얼마 전 그녀는 지역광고지에서 다문화가정 아이들을 위한 방과 후 〈공부방〉에 자원봉

사 선생님이 필요하다는 글을 보았다. 꼭 학교가 아니면 어떤가, 나를 필요로 하는 곳이라면 공부방 선생님도 좋지 않은가! 직장과 야간대학을 병행하면서 어렵게 따 놓은 교원자격증이 쓰일지도 모른다는 생각에 그녀는 후끈 달아올랐다. 그녀는 공부방을 향해 달려갔다.

그녀의 뒤, 저 멀리에서 봄이 숫저운 새색시처럼 조심조심 걸어오고 있었다.

희망의 엄마

 어쩌다가 쉰여섯 명의 엄마가 되었는지 그녀 자신도 이유를 알 수 없었다. 뼈만 앙상하고 볼이 푹 꺼진 한 소녀를 만나기 전까지 그녀는 평범한 의사였다.

 엄마의 등에 업혀서 진료실을 들어오면서 소녀는 제 엄마의 머리카락을 쥐어뜯으며 울부짖었다. 생으로 뼈가 썩는 고통을 참기 힘들었기 때문이었다. 일곱 살의 나이에 벌써 두 번이나 비장 수술을 받아 커다란 상처가 난 배는 터질 듯 끔찍하게 부풀어 있었다. 소녀의 엄마는 얼마나 많은 절망의 계단에서 굴러떨어졌었다는 말 따윈 하지 않았다. 그저 머리채를 내맡긴 채 바닥에 털썩 주저앉았다.
 그녀는 아찔했다. 얼마 전에 읽었던 미국 의학전문지 임상연

구저널에서 사례로 다룬 고서병이 확실했다. 세레다제라는 효소치료제가 개발되어 선진국에서는 환자에게 사용하고 있었지만 한국에는 수입되지 않는 약품이었다. 그뿐만이 아니라 희귀병은 의료비 혜택을 받을 수도 없었다.

처음엔 그녀도 이런 사실을 알리고 손쓸 방법이 없음을 통보했다. 그러나 소녀의 엄마는 아이가 무서운 고통에 휩싸일 때마다 그녀를 찾아왔다. 그저 진료실 구석에서 아이에게 머리채를 맡기고 숨죽여 고통이 지나갈 시간을 기다릴 뿐이었다. 그럴 때마다 그녀는 자신이 아무것도 할 수 없음에 당황했다.

정말 내가 할 수 있는 일이 없는가? 제 엄마의 머리털을 쥐어뜯는 계집애 하나 때문에 저렇게 줄지어 서 있는 환자들을 포기하는 것이 옳은가? 소녀를 포기하면 더 많은 환자를 볼 수가 있다는 핑계를 찾아 그녀는 한동안 진료실을 지켰다. 그러나 고통을 지켜보는 그녀는 다른 의미의 고통에 대면했다. 의사로서 할 수 있는 일을 다 하지 않고 있다는 자괴감에 견딜 수가 없었다.

어느 날, 그녀는 진료실 자리를 박차고 일어났다. 소녀의 울부짖음이 끈끈하게 엉겨 붙어서 떨어지지 않아 고통스러웠다. 어렸을 때부터 어머니는 그녀에게 묻곤 했다.

"어려운 일이니까 네가 해볼래?"라고. "내가 해보지 뭐." 그녀는 돌아가신 어머니에게 대답하듯 그렇게 중얼거렸고, 행동하기 시작했다. 그녀는 보건당국과 언론을 돌아다녔다. 그러나 담당자들은 애매한 표정을 지었고, 약품의 수입승인이 나지도 않았다. 결국 그녀가 직접 태평양을 건너는 수밖에 없었다. 세레다제의 제조회사인 젠다임사를 찾아가서 직접 처방해 사들고 오기를 수십 번이었다.

효소 치료를 받으면서 소녀는 부푼 배가 가라앉고 뼈의 괴사도 멈추었다. 그녀는 소녀의 임상 사례를 들고 백방으로 뛰어다녔다. 보건국 출입 기자를 만난 것은 행운이었다. 마당발 기자는 희귀병 환자들에 대한 TV프로그램을 제작할 수 있게 해 주었다. 프로그램 덕분에 여론이 일자 보건당국은 희귀의약품 수입허가와 의료보험 급여승인을 해 주었다.

지금 한국에 고셔병으로 등록된 사람은 56명이고, 이들은 모두 그녀를 엄마라고 부른다. 그녀의 노력이 없었다면 아직도 이들은 중증 치매환자로 분류되거나, 백혈병이나 류머티스로 구분되어 잘못된 치료를 받고 있을지도 모를 일이었다.

한 소녀의 무서운 고통이 '희망의 엄마'를 탄생시켰다. 고통은 가끔 뜻밖의 생산적인 일을 한다.

소리 없는 소리

　이십 년 전 그는 독일의 한 성당에 앉아 있었다. 미사는 없었지만 누군가가 파이프오르간 앞에 앉아서 연습을 하고 있었다. 틀리는 부분이 반복해서 들려왔다. 어쩌다 여기까지 흘러 왔을까, 그는 생각했다. 그의 지난날은 자꾸 어긋나기만 하는 저 음악과 닮아 있었다. 70년대 그는 반정부 시위에 연루되어 대학에서 제적되었다. 막막한 시간이 흘러갔다. 고향에 계신 부모님이 생각날 때마다 그는 노래를 했다. 그는 몸통 전체가 울림통 악기인 성악에 매료되었기 때문이었다. 그 떨림이 이어져서 작곡을 공부했고, 이곳 독일까지 음향학 공부를 하러 왔다. 돌이켜 보면 시난고난한 여정이었다.

　연주자는 자꾸 틀리던 부분을 곧 매끄럽게 연주했다. 그러나 그는 연주에 뭔가 빠져 있는 듯 마음에 들지 않았다. 그는 파이프오르간의 연주가 아니라 자신의 목소리를 듣고 있었다. 음악이 아니라 스스로가 못마땅했다. 뭔지 잡히지는 않지만 지금까지 자신이 이끌고 왔던 삶이 억지스럽게 여겨졌다.

바흐의 푸가가 들려왔다. 엘피판으로 듣던 곡이었지만, 이렇게 성당에 홀로 앉아서 파이프오르간 연주로 듣기는 처음이었다. 자기도 모르게 곡에 빨려든 그는 어느 순간 갑자기 온몸을 부르르 떨었다. 그 자신이 파이프오르간이 된 듯 몸이 떨렸다. 처음 경험하는 이상한 전율이었다. 묘한 그 소리는 그를 파고들면서 그때까지 그가 움켜쥐고 있던 것들을 내려놓게 했다. 그는 파이프 오르간의 소리가 왜 자신의 몸의 뿌리를 건드렸는지 알고 싶어졌다. 영혼을 쉬게 해 주는 천상의 소리가 몹시 탐났다.

레버쿠젠의 오르겔바우크 파이프오르간 회사에 입사한 그의 앞에는 이전의 시간보다 더 끔찍한 고통이 기다리고 있었다. 3년 반 동안의 도제 기간과 3년의 실습 기간 동안에 그는 매일매일 뼈가 빠지는 중노동을 감수했다. 무엇보다도 수백 개에서 수천 개가 들어가는 파이프 하나하나의 음을 구분하는 감각을 키우는 일이 가장 어려웠다. 음향학은 물론이고 나무와 철을 다루는 기술, 건축과 설계지식, 수학과 금속학까지 배워야 했다.

뒤늦은 공부와 처자식을 먹여 살리기 위해서 그는 야채를 팔기도 했고, 물 배달, 책 배달에 호텔 객실을 청소하거나 관광가이드를 하기도 했다.

그의 긴 여정을 이끈 것은 떨림이었다. 바람을 불어 넣으면 파이프는 자기 몸을 떨면서 소리를 낸다. 자신의 영혼 전체를 바람에 맡기는 것이다. 몸 전체를 떨며 사는 일은 자신의 열정을 태워 최선을 다한다는 뜻이었기에, 그 역시 피와 땀을 바쳐 한 가지 일만 했다. 아흐레 동안 치러진 최종 시험은 말 그대로 피를 말리는 고통이었다. 90시간의 실기시험, 13과목의 필기시험, 두 차례의 구두시험을 치렀다. 40페이지에 달하는 논문을 작성할 때에는 며칠 밤을 새워서 코피를 쏟기도 했다.

오늘 그가 다시 성당에 앉아 있다. 독일이 아닌 한국의 성당이다. 그가 삼 년 여에 걸쳐 만든 파이프오르간을 설치한 기념으로 연주회가 열렸다. 자신이 만든 파이프오르간으로 연주를 하는 연주자를 바라보며 그는 또 몸을 떨었다. 바람에게 몸을 맡겨온 그동안의 시간이 새삼 기억났다.

세상의 많은 소리 중에서 그가 택한 소리는 '소리 없는 소리'였다. 길이 10미터가 넘는 파이프는 바람이 들어가도 소리가 나지 않는다. 귀로 듣는 주파수를 넘어서기 때문이다. 대신에 그 소리를 듣는 사람은 온몸이 부르르 진동하는 느낌을 받는다. 귀가 아니라 온몸으로 감동하는 것이다. 온몸을 떨며 자신이 만든 영혼 앞에 앉은 그는 고요히 침묵하고 있었다. 자신의 오르간 앞에 고개를 숙인 그는 수백 년을 바람에 몸을 맡겨 바람을 마시고 토해내는 저 파이프오르간의 그것을 닮아 있었다.

한국인으로서는 처음 파이프오르간 명장의 칭호를 받은 '마이스터 구' 구영갑씨의 이야기에 매료되어 글로 썼습니다. 그는 지금 국악기의 음색을 낼 파이프오르간 개발에 몰두하고 있다고 합니다.

권주가

　보고 있소, 임자? 저 건너 고깔산에 매화꽃이 지고 삐쭉빼쭉 솟아난 잎들을. 그 잎이 아기 손가락만큼 자라면 부아주(浮蛾酒)를 만들어 한 잔 마시기로 했던 일을 기억하오?

　오메, 임자는 벌써 두견이가 울어대는 소리가 들리오? 아닐시, 아마 이 호리병에 담긴 두견주가 출렁거리는 소리일 게요. 어쩌면 임자 앞에 있는 내 마음이 출렁거리고 있는지도 모르지. 허허…. 두견주가 벌써 익었냐고? 아무렴. 아직 익을 때가 아니지. 이건 임자가 작년에 담근 놈이오. 잘 갈무리해뒀다가 오늘에서야 병에 따랐구먼.

　그래. 그렇고말고. 요 은은한 분홍빛에는 백자 술잔이 제격이지. 요걸 한 잔 마시면 봄 향기를 홀짝 들이키는 기분이 들어.

임자가 시집와서 늘 입고 있던 분홍저고리가 생각나는구먼. 내가 별일도 없는데도 임자, 하고 자꾸 부르던 일을 기억한다고? 허허. 이거 참. 나 혼자만 알고 있는 줄 알았더니, 임자도 그예 알고 있었구먼. 지금도 새댁이었던 당신 모습이 눈에 생생하구려. 남색 스란치마를 스치면서 임자가 걸어오던 소리가 난 그렇게도 좋았다오. 달콤하면서도 새큰한 임자의 냄새와 함께 사르락 사르락 걸어오던 소리가 지금도 기억이 나오. 몰래 밤눈이 내리는 것 같은 소리였지.

올해도 정월 첫 해일(亥日)에 나는 밑술을 만들었다오. 범벅을 차게 식히는 것도 잊지 않았어. 삼월에 그 밑술에 찹쌀밥과 멥쌀밥을 섞어서 덧술을 만들었지. 산에 두견화가 얼굴을 붉히자마자 나는 가장 고운 꽃들을 따서 두견주를 담갔소. 아, 그야 임자가 늘 하던 대로 멥쌀을 먼저 넣고 찹쌀을 넣고 그리고 또 꽃을 넣었지. 그럼, 그럼, 꽃술이야 나중에 막걸리를 담글 때 쓰려고 잘 뒀지. 술독도 밀짚을 태워 따뜻하게 데워서 썼으니 염려 마오. 보름이 되었기에 오늘 슬쩍 들여다보았더니 술독에 박힌 용수에 고운 분홍이 은근히 번져가는 게 보이더군. 내겐 그 색깔이 분홍저고리의 당신이 웃을 듯 말 듯 웃음을 달고 있는 듯이 보이오. 심지에 불을 켜서 술독에 넣었더니 불이 꺼지는 것이 아직 술은 덜 익었는가 보오. 그러니 작년에 담근 두견주를 담아올 수밖에.

 허허, 이 사람! 얼마나 마셨다고 그만 마시라 하는가? 두견주는 취하기가 쉽다고? 술이야 취하라고 마시는 게지, 내가 어떻게 맨송맨송한 얼굴로 이 산을 내려갈 수가 있겠소? 열병으로 잃은 큰애도, 대처로 시집간 후 소식을 모르는 딸애도, 또 보고 싶은 임자도 만나게 해 주는데, 어찌 취하지 않고 배기겠는가? 보고 있소, 임자? 쩌그. 쩌그서 다들 올라오는구먼. 뭘 그렇게 바리바리 싸가지고 오는지…. 봄볕에 아지랑이가 가물거려서 잘 안 보인다고? 그러니 이 두견주 한 잔 마시라고 하지 않던가? 그런 건 봄에 취해야만 볼 수 있는 거요. 자, 이 뽀얀 잔에 봄을 가득 마셔 보구려.

앨범을 펼치는 시간 1

 겨울 해가 깊게 방안을 파고드는 시간, 구석에서 먼지를 뒤집어쓰고 있던 앨범을 끌어당긴다. 고인 기억의 냄새가 펼쳐진다. 첫 장에는 백일 사진의 아기가 뽀얀 눈송이로 앉아 있다. 팔에 걸린 은팔찌에는 순한 방울이 두 개. 그녀가 세상에서 처음으로 가진 소리였다. 그 아래는 돌 사진이다. 아이가 앉은 주위가 뿌옇게 흐려져 있는 것으로 보아, 남의 돌잔치에 사진만 올려 찍은 합성사진이다. 간질간질한 기분에 슬며시 미소가 올라온다. 아기로 남아있는 내 모습을 보면, 기억나지 않는 기억이 고개를 갸우뚱하며 웃음을 밀어 올린다. 몸이 약해서 다음 돌까지 이 아이가 살아 있을까 늘 불안했다는 어머니가 흘렸을 눈물은 사진에는 존재하지 않는다. 사진은 기억과 시간을 남기려고 찍는 것. 어떤 방식으로든 사진 속에는 빛과 그림자가 정지되어, 앨범을 펼치는 순간 기억된다.

 사진으로 남은 첫 가족사진은 벚꽃이 핀 창경원에서의 기억이다. 봄바람이 불었던가, 다른 가족들은 옷깃을 여몄는데, 유독 열 살의 여자애만 흰 스타킹에 점퍼스커트 차림이다. 여자애는 휘늘어진 가지를 가슴께로 끌어당기고 고개를 갸우뚱한 채 하늘을 바라보는 표정이다. 양쪽에 땋은 머리에 달린 꽃핀과 가지에 달린 눈송이 벚꽃으로 인해, 여자애는 세상이 온통 자신을 위해 열려있는 줄 아는, 우스꽝스러운 자의식에 빠져있는 것처럼 보인다. 요즘도 김밥을 보면 나는 창경원에서의 기억이 떠오른다. 김밥의 새콤하고 짭조름한 냄새와 동물원 우리에서 풍겨 나오던 배설물에 섞인 삭은 밀짚냄새, 엄마가 입은 한복에서 나던 나프탈렌 냄새. 때로 사진의 이미지는 냄새나 맛도 고정된다.

 앨범에서 여자가 제일 좋아하는 사진은 노래하는 모습을 찍은 사진이다. 아마도 친구들에게 등 떠밀려 나온 듯 어깨와 발목이 굳어 있다. 여고 시절의 부끄러움이 정지된 사진에는 그날 망친 노래 같은 것은 없다. 그 노래는 시간이 지나면서 부풀고 윤색되어 청아한 아리아로 바뀌었으니까. 들리지 않는 사진은 보이지 않는 노래가 되어, 저 성모상의 가슴을 뚫고 흰 비둘기가 되어 날아오른다. 그 흰빛이 도착한 곳은 나와 당신이 가고 싶었던 바로 그곳. 마침 구름이 거대한 대륙의 형상을 하고 있기 때문만은 아니다. 사진은 눈으로 본 대상을 그대로 재현하는 것이 아니다. 상상이 현실이 되어 사진이 되고, 사진은 내가 본 것 이상의 이미지를 남긴다. 사진에는 보이지 않는 노래가 민들레 홀씨처럼 날아다닐 수 있다. 정지된 사진이 오히려 사람들이 보지 못하는 어떤 세계의 문을 열어 준다. 그 문을 열면 시간의 선(線)들이 제 마음대로 춤을 춘다. 앨범 속에는 춤을 출 준비를 마친 색색의 춤이 흥건히 고여 있다.

2부
나는 힘이 세다

수백만 년 전, 늑대처럼 생긴 동물이 육지에서 바다로 갔다. 지느러미도 아가미도 없었지만 그 동물은 바다가 너무 좋아서 다시 뭍으로 올라오지 않았다.

바람마저 삭아버릴 만큼 긴 세월이 지나갔다. 그 짐승의 털과 뒷다리는 사라졌고, 앞다리는 작은 노처럼 변했다. 쓸모없는 뼈들은 근육 속에 묻혀 날씬한 유선형의 몸뚱이가 되었다.

사람들은 그 동물을 '고래'라고 부른다.

나는 힘이 세다 1

 올봄에는 저 철쭉들이 꽃을 피울까?

 눈이 쌓인 대문 양옆에 초라한 철쭉 두 그루를 보면 나는 마음이 착잡해진다. 재작년에는 흐드러지게 꽃을 피워내더니 갑자기 시름시름 말라버렸다. 남편은 철쭉이 죽어버렸다며 가지들을 몽땅 잘라내고 밑동만 남겨놓았다. 말라죽은 잎사귀 몇 개를 매달고 시커먼 뿌리만 남은 철쭉을 보며 남편은 꽤 서운한 눈치였다.

 "옮겨 심어 몸살을 하는 것이라면 옮긴 첫해에 할 것이지, 그 추운 겨울도 버텨내고 꽃이 만발하더니 왜 그런지 몰라!"

 혀를 차며 서운해하는 남편을 보면서, 나는 괜한 자책감에 빠졌다.

 사실 철쭉들이 그렇게 말라죽은 이유는 모두 나 때문이었다.

"그러게 왜 철쭉을 파왔어요? 산소에서 살던 걸 집에 들여놓을 건 뭐람?"

나는 돌아서며 남편이 들릴까 말까 한 소리로 중얼거리다가, 갑자기 화가 나서 소리를 높였다.

"적어도 그런 걸 들여놓으려면 나에게 양해를 구했어야 하는 거 아니에요?"

목소리를 높이자 남편이 뜨악한 얼굴로 쳐다봤다.

"어디서 저렇게 실한 철쭉을 구할 수 있어? 저런 건 돈 주고도 살 수가 없어. 봄이면 어찌나 꽃이 가득 피던지…. 난 그렇게 예쁜 철쭉은 본 적이 없어."

퍽이나 그랬겠다. 그 꽃이 그리운 사람이라고 생각하니 곱고 또 곱게 보였겠지…. 차마 내뱉을 수 없는 말이라서 나는 하고 싶은 말을 꾹꾹 눌러 참았다.

"그래도 공동묘지에서 살던 나무를 집에 들이는 법이 어디 있어요? 죽은 사람들 썩은 살을 삼키면서 큰 나무잖아요. 언젠가 무당이 하는 소리를 들으니 귀신들은 나무에 붙어산다고 하던데!"

잔소리는 했어도 제일 하고 싶었던 말은 애써 눌러 참았다. 그 말을 내뱉으면 속이 시원해지는 것이 아니라 오히려 내 자존심이 상처받을 것 같았다.

남편은 걸핏하면 산소에 가곤 했다. 남편의 취미는 골프도, 친구들을 만나 술을 마시는 것도 아니었다. 남편은 휴일이면 자주 조상의 산소들을 둘러보며 벌초를 하고, 조경을 새로 하곤 했다. 다른 산소보다 유독 용인의 천주교 묘지를 자주 들렀는데, 그곳에는 남편의 전처가 잠들어 있었다. 삼십오 년이나 지나서 이미 백골이 진토가 되고도 남은 세월이건만, 요즘은 더 자주 그곳을 다녀왔다. 핑계로는 새로 조경을 한 산소의 나무와 잔디에 물을 주러 간다는 것이었다. 산소로 향하는 남편을 보는 내 마음에 슬며시 복잡한 것이 끼어들었다. 아름다운 서른셋에 눈을 감은 아깝고 그리운 첫 마누라를 보러 가겠지. 게다가 첫사랑이라고 했다. 싸움 중에서 제일 이길 가능성이 없는 일이 죽은 사람과의 싸움이다. 없지도 있지도 않은 상대를 향해 미움의 주먹을 날릴 수도 없고, 질투의 화살을 쏘아댈 수도 없는 일.

근검절약과 오기투지로 일생을 살아온 남편은 작년에 새로 집을 지었다. 전망이 좋은 산 중턱에 위치한 그야말로 '언덕 위의 하얀 집'이었다.

'꼭 짓고 싶었던 집을 짓고 나자 고생하며 살다간 첫사랑 마누라가 애틋했겠지' 그렇게 너그럽게 마음먹기로 했다. 그런데 어느 날 남편은 산소에 있는 철쭉 두 그루를 인부들을 시켜서 뽑아왔다. 삼십오 년을 첫사랑의 피와 살을 먹고 무럭무럭 자란 철쭉들은 세 명의 인부들이 종일 파도 뿌리가 끝없이 뻗어 있었다고 했다. 가을이라 마른 잎사귀들만 붙은 시커먼 철쭉 두 그루가 대문 양옆에 심어지자 나는 파랗게 질렸다. 남편의 완강한 표정을 보아 제지할 수 없는 일이라는 것을 알았다. 나는 재빨리 성당으로 뛰어가 성수를 한 됫박 떠왔다. 하늘을 향해 머리채를 풀어헤친 두 철쭉 귀신들에게 성수를 뿌리고 또 뿌렸다. 철쭉을 심어놓고 흡족한 남편은 샐쭉해서 눈을 흘기는 내 표정은 아랑곳하지 않고 즐겁다는 표정이었다. 그렇게라도 꽃처럼 예쁜 나이에 해야 할 일과 아이들을 두고 떠난 아내를 새집으로 데려오고 싶은 남편을 이해하려고 했다.

그렇게 마무리되었으면 좋았을 텐데, 두 그루의 철쭉은 다음 해에 흐드러지게 꽃을 피워냈고, 하필이면 그 나무들은 부엌의 개수대에 난 커다란 창에서 아주 잘 보였다. 나는 새집으로 이사 온 후부터 몹시 아프기 시작했다. 나는 병명을 찾을 수도 없는 통증으로 잠을 설쳤고, 그러면서도 크게 늘어난 살림을 주도해야 했다. 일은 많고 통증은 점점 심해지는데, 철쭉은 왜 그렇게 미친 듯이 꽃을 피우는지 알 수가 없었다. 나는 매일 개수대에서 우엉을 씻으면서 주발과 접시를 닦으면서, 미친 꽃들을 미워했다. 몸은 더 아파왔고 이제는 잠을 잘 수도 없었다. 모두가 저 미친 철쭉 때문이었다. 철쭉에 붙은 남편의 첫사랑 귀신 때문이었다. 나는 날마다 남편의 죽은 첫사랑의 육신을 먹고 자란 철쭉을 없앨 궁리를 했다. 소금물을 펄펄 끓여서 남편이 보지 않을 때 뿌리에 끼얹을까 껍질을 벗겨서 나무를 죽일까 궁리했다. 나무를 죽이는 주사제를 시러는 엉큼한 마음을 먹기도 했다.

나의 미움은 철쭉의 꽃이 다 지고 난 후에도 계속되었다. 어떤 방법이 가장 좋을지를 생각하며 설거지를 하고 우엉을 씻었다. 상상만 하고 실현할 방법을 찾지 못하면서 여름이 지나가고 있었다. 그런데 어느 날부터인가 철쭉이 말라죽기 시작했다. 내 미움 때문일까? 죽은 가지들을 쳐내버려 밑동만 남은 볼썽사나운 철쭉을 보면서 나는 착잡했다. 등짝에 붙는 볕이 따사롭던 어느 날, 나는 죽어버린 철쭉을 만져보았다. 푸르르 바람이 불었지만, 나무는 정말 죽었는지 미동도 하지 않았다. 하긴 잎도 가지도 모두 쳐냈으니 흔들릴 무엇도 없었다. 나는 철쭉에게 미안한 생각이 들었다. 철쭉에게 나 자신을 투사하여 스스로를 미워하던 나를 용서하고 싶었다.

미안하다. 정말 미안해.

두어 달 후에 나는 문득 철쭉 뿌리에서부터 가느다란 가지들이 뻗어 나오는 것을 보았다. 가지에는 새잎들이 달려 있었다. 죽은 나무에서 새 생명이 탄생하고 있었다. 생각만으로 나는 나무를 죽이고 또 살린 것이 아닌가. 정말로 나는 힘이 세다.

나는 힘이 세다 2

 해숙이 카드를 꺼내 들었을 때 나는 그것이 단순한 놀이라고 생각했다. 카드에는 64괘를 본떠 만들었다는 다양한 표정의 얼굴이 그려져 있었다. 사람에 따라서 이렇게도 또 저렇게도 해석된다는 그 얼굴들은 마치 만화 캐릭터처럼 보였다. 해숙이 카드 한 장을 고르라고 했을 때, 나는 장난치지 말라며 그녀를 흘겨보기까지 했다. 내 거절에도 해숙은 카드를 거둬들이지 않았다. 오히려 어서 골라보라며 카드를 내 코앞까지 들이밀며 생긋 웃었다. 그래 봤자 카드가 아닌가, 손해 볼 이유도 없는데 까짓거 그냥 해보지, 나는 해숙이 벌여놓은 판에 다가앉았다.

 "첫 장은 네가 지금 가장 해결하고 싶은 것을 염두에 두고 골라 봐."

 나는 어깨를 으쓱했다. 물론 카드 몇 장으로 내 속마음을 들킬 염려 따윈 하지 않았다. 나는 근심걱정을 잘 털어놓고 숨기는 것이 별로 없는 타입이었다. 그러니 뒤로 감춘 마음 따위는 없었기에 카드를 뽑는 내 손에는 장난기가 묻어 있었다.

싱글거리며 카드를 들었던 때와는 달리 해숙이 굳은 얼굴로 카드를 들었다.

내가 처음 뽑은 카드는 어쩔 줄 몰라 하는 얼굴이었다. 뭔가 무거운 일을 맡아 쩔쩔매는 것 같기도 하고, 그 일이 자신 없다는 표정이었다.

"다음에는 이 일이 맨 마지막에는 어떻게 변하는지 뽑아 봐."

웬일인지 해숙의 얼굴엔 장난기가 가서 있었다. 두 번째로 뽑은 카드는 이를 악물고 사력을 다하면서, 끝까지 해보겠다는 얼굴이었다.

"처음에는 자신 없었는데, 이제는 그 일을 이를 악물고 열심히 하고 있어."

나는 순순히 내가 뽑은 그림 카드에 대해 평했다. 이어서 나는 몇 개의 카드를 더 뽑았고 자연스럽게 카드에 대한 내 기분을 말했다. 그때까지만 해도 이건 심각한 표정으로 해야 하는 장난이네, 하는 심정이었다.

다섯 번째쯤 되자 내 얼굴에서도 장난기가 가셨다. 안경을 쓴 그림 하나가 문제였다. 왜 그것이 예수님의 얼굴처럼 보였는지 알 수 없었다. 그 이후에도 나는 죽음의 카드와 기회처럼 보이는 카드, 아주 행복한 표정과 사랑의 표정을 연달아 뽑았다. 해숙이 나열해 놓은 카드를 보면서 나는 이상하게도 눈시울이 붉어지기 시작했다. 말려들지 말아야겠다는 생각 따윈 이미 던져 버린 지 오래였다.

나는 저 멀리서 걸어오는 한 여자를 보고 있었다. 여자는 오랫동안 걸어서 많은 산을 넘어왔기에 너무 지쳐 있었다. 남들이 알아주거나 말거나 여자는 그 산들을 충실히 넘어왔다. 다 헤진 여자의 옷은 굴곡진 삶의 여정을 그대로 보여 주고 있었다. 발을 질질 끌며 다가온 여자가 넋이 나간 표정으로 울부짖었다.

"나는 아주 오래 참았어. 불평도 않고 오래 기다렸어. 꼭 하고 싶은 일이 있어서 참았어. 언젠가는 내 시간을 갖고 내 글을 쓸 수 있으리라 기대하고 지금껏 참아왔는데…. 이제 기회는 없는 것 같아. 나는 몸이 너무 아파. 아무것도 할 수가 없어. 이대로 인생이 끝나는가 싶어서 너무 두려워."

이런, 고작 카드 몇 장으로 나는 내 무의식에서 들려오는 소리를 듣고 있었다. 의사도 찾아내지 못하는 지독한 통증을 끝내려고 자살을 선택했던 그 순간을, 그 절벽 앞에서의 순간을 보고 있었다. 나는 갖고 있던 책들의 반을 버리고, 은행 통장을 정리했다. 스스로 영정사진을 만들고, 정신과에서 주는 수면제를 차곡차곡 모았다. 자살하는 나를 용서해달라고 기도하던 그 순간은 유서를 쓴 다음 날이었다. 이렇게 모든 것이 끝나는구나, 하며 처참한 기분으로 운전하고 있을 때, 갑자기 핸드폰이 울렸다.

출판사 사장의 전화였다. 내 글이 번역되어 프랑스에서 출간되게 되었다는 소식이었다. 어떻게 나도 모르는 일이 진행되어 내 글이 프랑스어로 번역되었으며, 책으로까지 출간되게 되었을까? 짧은 글 한 편이 다른 사람들의 글과 함께 출간되니 대단한 일은 아니었으나, 내게 그것은 기회였다. 그리고 죽음에서 삶으로 넘어오는 순간이었다. 나는 움켜쥔 주먹을 펴보았다. 손바닥 위에는 아무것도 없었다. 손안에 있다 믿었던 절망은 보이지 않았다. 나는 보이지도 않은 절망이라는 개념을 움켜쥐고 있었다. 나는 핸드폰을 들고 감동으로 몸을 떨었다. 그것은 바로 나를 사랑하는 신의 힘이었고, 내 안의 고귀한 신(神)이 내민 손이었으며, 내 깊은 곳의 목소리, 내 존재의 모든 안간힘이 이뤄낸 순간이었다.

돌이켜보니 나는 비겁하게 군 적이 많았다. 힘들 때마다 자살을 선택하며 허우적거렸다. 베란다에서 뛰어내리려다가 남편에게 붙들린 적도 있었고, 절망을 핑계로 알프스의 절벽에서 서성거렸다. 이상하게도 그때마다 나는 어떤 목소리를 들었다. 목소리는 나에게 다른 방향을 보라고 말해 주곤 했다. 물러설 수 없는 절벽에 서 있기에 뛰어내리는 일밖에 없다 믿었으나, 그 목소리는 뒤로 돌아서는 방법이 있음을 알려 주었다. 돌아서자 내 눈앞에는 절벽이 아니라 길이 있었다. 나는 고통이 두려워서 죽으려고 했고, 고통스럽게 죽는 일이 두려워서 스스로를 죽이려고 했다는 것을 깨달았다.

나는 해숙과 여러 친구들 앞에서, 비겁한 나를 버리지 않은 힘은 바로 내 안에 있었다고 고백하고 말았다.

"이게 무슨 일이람? 웃자고 시작한 카드 게임으로 나도 모르는 나를 내보이다니!"

나는 부끄러움에 눈물을 찔끔거렸다. 그리고 나는 알았다. 내가 산을 넘어섰다는 것을. 곧 또 다른 산을 넘어서야 할 테지만, 산을 넘을 때마다 나는 조금씩 더 강해진다. 좀 더 힘이 세지고 또한 그만큼 아름다워진다.

나는 힘이 세다 3

 삶이 뒤엉켜 힘든 날이나 글의 한계에 절망하는 날이면 나는 영성서적을 찾아 읽는다. 책도 인연이 있어 다가오는 순간이 있다. 인연이 있는 책이라면 내 의도가 없더라도 우연한 기회에 만나게 된다. 때로는 책의 저자가 내게 말을 걸어오는 기분을 맛보기도 한다. '모르나'를 만난 날도 그랬다. 나는 빌린 책을 돌려주러 도서관에 갔다가, 다른 사람이 반납함 위에 놓고 간 책을 발견했다. 하와이에서 전해진다는 비밀의 치유법 "호오포노포노의 비밀"이었다. 책이 스스로 일어서서 다가온 것처럼 '모르나'는 간단히 내 손 안에 들어왔다.

 그날은 동생을 만나러 가는 길이었다. 몸이 아픈 원인을 콕 집어 주는 용한 점쟁이가 있다고 해서 나선 길이었다. 전철 안에서 나는 모르나를 펼쳤다. 특별한 내용은 없었다. 그동안 읽었던 영성서적들, 불경과 힌두교의 서적 등에서 접한 지식들이 뭉뚱그려진 느낌이었다. 인간은 무의식의 색안경을 끼고 세상을 바라보는데, 삶의 고통은 아픈 기억을 반복하여 생각하기 때문이라고 했다. 책에는 기억을 정화하여 지우는 방법과 자신 안의 신에게 상태를 이야기하고, 도움 받는 방법들을 제시하고 있었다. 대부분은 알고 있으나 실천하지 못했거나, 그렇게 하기 두려웠던 것들이었다.

전철을 두 번째 갈아탔을 때였다. 누군가 나에게 말을 걸었다.

"너 자신으로 돌아가."

그래서 너 자신이 되어야 해, 목소리가 말했다. 주위를 둘러보았지만 누구도 내게 관심을 둔 사람은 없었다. 다시 책을 읽는데 또 목소리가 말했다.

"넌 자유로울 수 있어. 날 수 있다고!"

나는 더 이상 주위를 두리번거리지 않았다.

"평화는 나로부터 시작되는 거야."

그것은 내 안에서 울려나오는 소리였다. 이상하게도 나는 호오포노포노의 창시자인 '모르나'라는 분의 손을 잡고 있었다. 그분은 내가 방금 책에서 만났을 뿐이고, 더군다나 이미 돌아가신 분이 아닌가! 나는 조금 당황했다. 그러나 곧 오늘의 외출을 그만두고 집으로 돌아가라는 내면의 저항을 알아차렸다. 물론 나는 가톨릭 신자이고, 동생과 수다 떠는 일이라면 몰라도, 점쟁이라니 무슨 쓸데없는 짓인가 하는 갈등이 있었을 것이다. 오랜만에 만나는 동생에게 줄 선물까지 들고 있었지만 오히려 나는 간단히 결정을 하였다. 용인에서 목동까지 갔으면서도 점쟁이 집에 쇼핑백만 맡기고 나는 집으로 돌아오고 말았다. 동생을 보지 못했지만 돌아오는 마음은 훨씬 가벼웠다.

집으로 돌아온 나는 책에서 제시하는 방법으로 정화를 실천했다. 푸른색 병에 담긴 물을 마시면서 "아이스 블루(ice blue)"라고 중얼거리며, 내면의 상처를 정화했다. 그리고 처음으로 내 몸에게 말을 걸었다.

"이렇게 아프면서도 어제 열 시간이나 운전을 해줘서 고마워. 더 늦지 않았을 때 통증이 나타나서 치료할 수 있게 되었으니 고마워. 내가 알고 저지른 일이든 모르고 저지른 일이든 내 몸인 너에게 부정적인 행동과 말, 그리고 생각으로 힘들게 했음을 알아. 미안해. 용서해 줘. 어디로 튕겨나갈지 모르는 내 영혼을 담고서 네가 정말 애쓰는 걸 알아. 미안해, 고마워. 그리고 사랑해."

그러자 놀라운 일이 일어났다. 내 몸이 나에게 대답을 한 것이었다.

"감동적이네. 왜 이제 말을 걸어? 왜 그동안 그렇게 모른 체했어? 왜 그렇게 미워했냐구. 왜 그렇게 못마땅해 했고, 왜 그렇게 싫어했어? 그리고 운전할 때는 왜 그렇게 어깨에 힘을 주는 거야?"

그제야 나는 알았다. 운전을 할 때 나는 어깨를 치켜들고 10시 10분 방향을 꼭 움켜쥐고 있다는 것을. 누가 운전대를 빼앗아 가기라도 할 듯 긴장하고 있음을. 그리고 더 이상의 것도 알았다. 내 생활 자체가 너무나 긴장하고 있음을. 원하는 방향에서 조금이라도 틀어질까 봐 전전긍긍하는 나를 보았다. 강물이 흘러가는 대로 순응하지 못하고 강줄기의 방향을 바꾸어 보려고 미친 듯이 헤맸던 내 뒷모습을 보고 말았다. 곱디고운 이십 대에도 스스로를 못났다 구박하며 살았음을 알았다. 위축되거나 자기혐오에 빠졌던 시절도 기억났다.

"내가 왜 그랬을까? 힘들었겠다. 너 참 힘들었겠다."

처음으로 나는 몸을 위한 눈물을 흘렸다. 처음으로 몸에게 감사했으며, 마치 새로 태어난 새순을 아끼듯 내 몸을 처음으로 사랑하게 되었다. 그뿐만이 아니었다. 어쩐지 껄끄러웠던 사람들과의 기억도 정화되기 시작했다. 내 어머니와의 관계도 뭔가 바뀌었다. 어머니를 보면 사랑과 미움이 동시에 일어나서 늘 잘 해드리면서도 괴로웠다. 그것은 고통스러운 몇 가지 기억을 계속 반복해서 떠올리기 때문이었다. 나는 이제 어머니에게 가장 순수한 고마움과 용서와 사랑의 메시지를 보낼 수 있게 되었음을 알았다. 가끔 우연의 힘은 참으로 크고 씩씩하게 작용한다. 나는 이제 그 힘이 여러 곳으로 콸콸 흘러가고 있음을 바라본다. 우연히 산에서 흘러내려 온 한줄기 시냇물은 강이 되고 바다가 되며 대양으로 넘실거린다.

늑대가 운다

해넘이가 되면 우리 산동네에는 늑대들의 울음소리가 들린다. 늑대도 우는 소리가 저마다 다르다. 힘이 넘치며 깊고 낮은 울음소리는 뒷집 개의 것이다. 동네 개들이 모두 늑대처럼 우는 일은 뒷집 개로부터 시작되었다. 놈은 늑대와 많이 닮았다. 잡종이라는데 시베리안 허스키 종 특유의 장점을 그대로 이어받아 몸매가 멋지다. 주둥이는 흰색이며 몸통은 짙은 회색 털로 덮여 있다. 놈이 주인과 함께 걷는 모습을 보면 어찌나 우아한지 나는 일부러 창밖으로 고개를 빼고 내다보곤 했다. 길고 늘씬한 다리와 탄탄한 몸통, 완강한 목덜미가 품위 있는 핏줄을 드러내고 있었다. 야무진 주둥이 사이에서 출렁이는 분홍색 혓바닥도 멋있지만, 이등변삼각형의 뾰족하고 당당한 귀는 수컷답고 완벽했다. 묘하게도 밝은 회색 눈을 둘러싼 검은색 털이

개를 슬픈 얼굴로 보이게 했다. 늑대들이 울어대는 시간은 내가 부엌에서 저녁을 준비하는 시간이었다. 처음에는 개들이 늑대처럼 운다고 생각했는데, 자주 듣다 보니 개의 탈을 쓰게 된 늑대들의 울음으로 들렸다. 어쩌면 놈들은 마녀의 저주에 걸린 진짜 늑대인지도 모를 일이다. 늑대들이 서로 신호를 보내듯 개들이 앞서거니 뒤서거니 울어대면, 이상하게도 나는 묘한 긴장감이 생기곤 했다.

수컷인데도 놈의 이름은 '숙희'였다. 주인의 이혼한 전 부인 이름이었다. 고아로 자란 그는 새벽부터 밤까지 시장에서 부지런히 일만 했다. 일밖에 몰랐기에 그들 부부는 오랫동안 안을 시간이 없었다. 마침내 부자가 되었기에 그는 아내를 안고 싶어져서 선물로 멋진 집을 지었다. 그러나 그의 아내는 모르쇠로 살아온 십여 년의 세월을 극복하지 못했다. 그는 자신이 준비한 엄청난 선물을 왜 아내가 받아주지 않는지 이해할 수가 없었다. 분노한 그는 똥개에게 전 부인의 이름을 붙여 주었다. 밤이면 놈과 산책을 나선 그가 "숙희야, 숙희야…." 하고 부르는 소리가 들렸다. 어떤 날은 전 부인이 돌아온 것이 아닐까 의심할 만큼 다정하게 들렸지만, 또 어떤 날은 "숙희야, 왜 말을 안 들어? 너 맞을래?" 하며 몽둥이를 들고 쫓아다니는 소리가 들리기도 했다.

청과물 도매업을 하고 있는 그는 새벽에 나갔다가 늦은 오후에 돌아왔다. 주인이 올 때까지의 긴 시간 동안 숙희는 홀로 집을 지켰다. 숙희는 마당을 뱅뱅 돌아다니며 끙끙거렸고, 나는 책상에 앉아 글을 쓴다고 끙끙거렸다. 낮에 숙희가 하는 일 중에 그럴듯한 일이 있다면 동네로 들어오는 낯선 차와 낯선 사람을 발견하면 짖어대는 일뿐이었다. 내가 글을 쓰고 정리하는 일 또한 크게 다르지 않아서, 잘못된 문장을 발견하면 물어뜯어 없애고 옳거니 하는 문장에 침을 묻히는 일이었다. 숙희의 짖는 소리는 낯선 사람을 경계하는 소리와 주인을 반기는 소리가 잘 구별되었다. 숙희는 주인의 차가 언덕을 오르기도 전에 벌써 짖으면서 주인을 반겨 맞이한다. 나 또한 남편이 오는 소리가 들리면 잽싸게 일층으로 내려가서 반긴다. 물론 남편의 낡은 프라이드가 클클대며 언덕을 올라오는 소리와 뒷집 남자의 번쩍이는 레인지로버가 내는 육중한 엔진 소리쯤은 구별할 줄 알았다.

개를 싫어하는 남편 때문에 우리는 개를 키우지 않았다. 숙희는 개가 없는 우리 집도 자신의 영역이라 여기는 듯했다. 우리 집을 방문하는 사람에게도 맹렬하게 짖어대며 적의를 드러냈고, 마당으로 들어와 영역 표시를 하며 돌아다녔다. 우리 가족도 자신의 가족이라 여기는지, 내가 부르면 꼬리를 살랑살랑 흔들면서 다가왔다. 숙희의 주인이 알면 성인병에 걸린다며 놀라 자빠질 일이겠지만, 나는 숙희의 입에 구운 돼지고기를 던져주며 계속 꼬리를 흔들게 만들었다. 누군가 나를 위하여 저토록 친밀하게 꼬리를 흔든다면 무엇이 아까우랴.

어젯밤 숙희의 주인이 남편을 찾아왔다. 일 년 전 개를 판 주인이 숙희를 돌려달라는 고소장을 제출했다고 했다. 똥개로 알고 산 숙희가 사실은 시베리안 허스키 순종이라고 했다. 직원이 다른 개와 이름표를 바꿔 붙이는 바람에 일이 어긋난 것이라고 했다. 그는 꽤 술에 취해 다시 또 숙희를 잃어버릴 수는 없다며 억울하다고 으르렁거렸다. 이제야 이혼한 마누라가 진짜 시베리안 허스키임을 알게 되었다는 듯 그는 고릴라처럼 가슴을 쳤다. 하긴 마누라 숙희를 잃어버렸는데 또 개 숙희를 잃어버리게 되었으니, 한 잔 걸치고 가슴을 칠만한 일이긴 했다. 게다가 숙희는 리얼 시베리안 허스키가 아니던가. 늘 진짜 작가가 맞는지 스스로에게 묻곤 하는 나로서는, 숙희의 우아한 걸음걸이가 진짜 시베리안 허스키의 그것이었음을 알고 은근히 부러운 기분마저 드는 것은 어쩔 수가 없었다.

숙희가 밤이나 낮이나 늘 묶여 지내는 처지가 된 것은, 줄을 풀어놓았을 때 지나가는 사람들을 위협했기 때문이었다. 사실 숙희는 사람을 위협하거나 물어뜯는 타입은 아니었다. 덩치가 크고 검으니 사람들이 보고 지레 겁을 먹었을 테고, 놀란 사람이 뛰어가니 따라 뛴 것이었을 뿐. 시베리아의 썰매개 출신이니 사람들을 썰매에 태우고 광활한 들판을 향하여 달리고 싶었는지도 모른다. 그러나 동네에서는 문제를 제기했고, 숙희는 묶여버렸다. 한 달쯤 지나고 해가 뉘엿뉘엿 기울어질 때쯤이었다. 숙희가 갑자기 하늘을 우러러보며 늑대처럼 울어대기 시작했다. 개들이 지루할 때 늑대처럼 짖는 하울링은 자주 목격되는 일이다. 그러나 숙희의 하울링은 다른 개들과는 조금 달랐다. 거룩한 하늘을 향하여 외로움으로 경배를 드리는 듯 단정하고 엄숙한 무엇이 있었다. 그뿐만이 아니었다. 숙희의 늑대는 집집마다 묶여있는 동네 개들의 늑대를 건드렸다. 숙희가 외로움을 길게 토해내면 동네의 다른 개들이 차례로 외로운 노래를 따라했다. 노래라기엔 너무나 고통스럽게 들리는 쥐어짠 듯 비틀린 소리. 개들은 자신의 조상의 조상의 조상을 무수히 거슬러 올라가다보니 늑대의 피가 흐르고 있었다는 사실을 새삼 알게 되었다는 듯 진지하게 울어댔다.

오늘 해넘이가 시작되고 있을 때 나는 주방에서 가지찜을 만들고 있었다. 이상하게도 등이 후끈 달아올랐다. 무엇에라도 끌린 듯 나는 주방 창가에 성가 책을 펼쳐 세웠다. 그리고 노래를 하기 시작했다. 하필이면 가까운 곳에 성가 책이 있었지만, 하늘을 향해 외로움으로 경배를 드리려면 성가보다 적합한 노래가 어디 있으랴. 그것은 천(天: 하늘)을 향한 천(川: 시내)의 노래이며 천(賤: 천할)것이 천(踐: 밟을)하며 사는 땅의 천(穿: 구멍), 혹은 그들이 천(闡: 열)한 천(千: 천) 개의 노래가 아니던가. 내가 노래를 하자 뒷집 숙희가 따라서 길게 우는 소리가 들렸다. 이어 다른 개들도 지독하고 긴 울음을 토해냈다. 그렇게 오늘 산동네에는 늑대들이 길게 길게 울고 있다.

원숭이도 모른다

 두 달 전 그날 아침 원숭이가 이상한 질문을 던졌다. 나는 누구지? 아침부터 땀을 흘리면서 우엉을 손질하고 양파를 볶다가 나는 무엇에 찔린 듯 멈칫했다. 도대체 나는 누구인 거야? 또 물었다. 두 식구 아침 한 끼 먹는 데 부엌을 떠나지 못하고 쩔쩔매고 있으니, 부엌데기인가. 원숭이가 이죽거렸다. 굴을 넣은 감자국에 토마토와 올리브를 넣은 샐러드, 피를 맑게 한다는 숙주나물 무침, 미나리와 깻잎을 넣어 만든 장떡까지 남편은 말끔하게 입에 쓸어 넣었다. 아침식사가 성공인가 싶었는데, 식탁 밑에 떨어진 머리카락 한 올을 집어 들면서 남편이 인상을 썼다. "난 살림만 하는 여자를 만났어야 해." 무엇이라? 살림에 치여 내 일을 미뤄두고 사는 처지이건만. 남편이 던진 말은 무지막지한 송곳이 되어 내 가슴팍을 쑤셨다. 그러고 보니 부엌은 어수선하고 바닥에는 양파껍질과 우엉껍질 쪼가리에 물방울까지 흩어져 있다. 부엌데기가 아니라면 뭐야! 스스로에게 짜증한 방을 먹였다. 신경질 잘 내는 여자네, 남 들리지 않게 혼자 낑낑대면서 말이지. 송곳에 찔린 원숭이가 빈정거렸다. 복잡한 마음으로 설거지를 하다가 접시 한 개를 깨트렸다. 거기다 덜렁거리기까지! 아직도 아픈지 원숭이가 투덜거렸다.

  책상에 앉았는데 동창에게서 카톡이 도착했다. "바쁜 척하지 말고 시간 좀 내지. 도대체 점심 한 번 먹기가 왜 그렇게 힘들어?" 어쩌다 보니 훌쩍 나이를 먹어버린 소설가로 살아봤어? 답장을 썼다가 지웠다. 미안하다 작가입네 하고 뻐겨서. 또 지웠다. 그래 먹자. 원고료를 탔으니 내가 쏠게. 또 지웠다. 소설나라 창문이 열리길 기다리고 기다려야 하는데 밥 먹을 시간이 어디 있담. 결국 카톡 답장은 보내지 못했다. 스스로 왕따 시키며 사는 무명작가 팔자란. 원숭이가 쯔쯔 혀를 찼다. 간신히 소설나라 창문이 열려서 글을 쓰는데 집전화가 울렸다. 친정엄마였다. 변호사 사무실에서 내 이름으로 이상한 우편물이 왔으니 당장 집으로 오라고 했다. "이따 갈게요." 전화를 끊는데, 욕이 날아왔다. "육시랄년, 맨날 바쁘다고만 하지." 언제 들어도 엄마의 육두문자는 거칠고 뜨겁다. 소설나라 창문은 열렸는데, 이쪽 창문에서도 바쁜 메시지가 발목을 붙들었다. 이사 간 동생이 주

말에 집들이 한다는 내용과 결혼식 초대장에 돌잔치까지. 당장 써야 할 원고에 묶였으니 어디에도 가기가 힘들 것이다. 친구와 밥도 못 먹고, 엄마 전화도 제대로 받지 않는데 가족의 대소사에도 등을 졌고, 생일도 안 챙기는 무지막지한 인간아! 원숭이가 끼룩끼룩 괴상한 비명을 질렀다. 저 녀석이 팔짝팔짝 뛰면서 비명을 지르기 시작하면 정신을 홀딱 빼놓는 통에 나는 아무것도 할 수가 없다. 마지못해 일어서서 차 열쇠를 챙겼다. 앵두 발효액과 아침에 만든 반찬을 싸들고 친정엄마에게 갔다. 이상하다는 우편물은 구청에서 전 주인에게 보낸 서류였다. 허무한 발걸음을 돌려 집으로 돌아와 다시 책상 앞에 앉았다. 그 사이 소설나라 창문은 닫혀버렸다.

곧 나는 청주로 떠날 채비를 했다. 코 알레르기가 심해서 숨쉬기도 힘들다는 아들의 메시지를 받았기 때문이었다. 새로 갈아줄 침대 시트와 베개와 약을 챙기고, 아들이 좋아하는 오이소박이며 몇 가지 반찬도 쌌다. 소설나라 창문은 어찌 됐는지 몰라도 모라베츠의 경쾌한 피아노도 함께 고속도로를 달렸다. 아들은 반가워하지도 않았다. 침대 시트와 이불, 베개까지 갈고 방을 쓸고 닦고 소독하는 동안 뭐라고 중얼거리더니 밖으로 나가버렸다. 엄마 일이나 열심히 하고 자신의 일에는 신경 쓰지 말라고 했는데, 또 극성을 떨고 만 것이었다. "그럼 잘 지내."

담백한 인사와는 달리 아들의 뒤통수를 보는 내 시선은 끈끈했을 것이다. 청소하다가 화장실 휴지통에서 스타킹을 발견했다는 말을 꼭꼭 씹어 삼켰기 때문이었다. 맞네, 아들바보가. 원숭이가 단정하듯 말했다.

시내는 퇴근시간이라 교통체증이 심했다. 저녁 밥시간에 늦어질까 봐 초조해졌다. "빨리 가서 밥해줄게." 또 나갔냐고 남편이 신경질을 부릴까 봐 나는 미리 다짐을 해두었다. 그런데 이상하게도 내 앞의 그랜저가 자꾸 급브레이크를 밟고 있다. 삼십 년 운전경력을 뭐로 보고! 그런데 일이 심상치 않다. 앞차가 정지하지 않는데도 계속 급브레이크를 밟는 것이 아닌가. 아까 내가 운전하다가 무리하게 끼어든 적이 있었나? 왜 자꾸 급브레이크를 밟아? 하는 순간 쾅 부딪쳤다. 여기서 죽는다면 J는 내 영정사진을 보러 와줄까? 부의금은 낼까? 남편과 맞절을 할까? 다리를 다쳤으니 늦어서 발인 시간까지 오지도 못하는 것은 아닐까? 나는 느닷없이 떠오른 J의 생각에 당황했다. J를 보지도 못하고 화장터로 가면 너무 슬프겠지? 얄미운 원숭이가 검지를 치켜들며 선수를 쳤다. 앞차 운전자가 문을 열고 튀어나오더니 대뜸 삿대질을 했다. "아 왜 재수 없게 여자가 퇴근시간에 시내에 나오고 지랄이야!" 순식간에 나는 하릴없이 시내에 운전이나 하러 나온 후줄근한 여자가 되었고, 순간 내 삼십 년 무사고 운전경력은 깨져버렸다. 자동차보험은 어느 회사에 들었던가? 기억이 나지 않았다. 다리는 후들거리고 힘이 풀려 주저앉았다. 일부러 급브레이크를 밟으셨죠? 왜 그러셨어요? 뭘 원하신 거죠? 묻고 싶었지만 뒤에서 박은 처지라 입을 다물었다. 원숭이 팔꿈치가 파르르 떨리는 게 보였다.

앞 범퍼와 헤드라이트가 부서지고 보닛은 기역자로 구부러진 차를 끌고 집으로 향했다. 보험회사 직원은 범퍼가 엔진 쪽으로 밀려들어갔으니, 과열되어 폭발할 수도 있다며 고속도로를 운전하여 가는 것을 만류했다. 그래도 집으로 돌아가야 하니 운전대에 오를 수밖에. 원숭이가 또 물었다. 기를 쓰고 집으로 가는 나는 도대체 누구인 거야? 대답을 하지 않자 원숭이도 포기하지도 않고 자꾸 묻는다. 뭐냐고. 도대체 뭐냐고! 비명을 지르면 난감해질 것이기에 대답했다. 나도 몰라. 내가 누구라고 역설하는 사람들을 자주 만나는데, 나는 그들이 말하는 사람이 아닌 것 같아. 오히려 나는 그 말(言)들 뒤에 있어. 이상하지. 원숭이야, 너의 역설도 맞지 않아. 말하자면 역설(力說) 뒤에 숨은 역설(逆說)이랄까? 나도 모르는 쓸데없는 말을 중얼거리자 원숭이는 골똘히 생각하는 눈치였다. 덕분에 더 이상 귀찮게 하지 않아서 나는 느긋하게 박살 난 차를 운전하여 집으로 돌아왔다.

열 시인데도 남편은 그때까지 저녁을 먹지도 않았다. "밥 해

준다고 그랬잖아." 부엌데기가 맞긴 맞네. 팔짱을 끼고 원숭이가 빈정거렸다. 아무튼 빈틈은 잽싸게 노리고 떠들어대는 원숭이라니까. 다시 책상 위에 앉았을 때는 열두 시. 메일에는 "잘 지내시나요?"라는 한 문장이 떠 있다. 똑똑똑똑 목발을 짚은 J가 걸어오는 소리가 들린다. 원숭이도 그 소리를 들었을 것 같은데, 웬일인지 아무런 말이 없다. 그렇게 입을 다물더니 벌써 두 달째 한 마디도 떠들지 않는다. 끼룩끼룩 펄쩍펄쩍 뛰면서 발광을 할 때는 지겨워서 버리고 싶었는데, 조용히 구석에 처박혀 있으니 어쩐지 자꾸 돌아보게 된다. 입을 닫고 있으니 좀 더 어른이 되었나 싶기도 하여 짠한 마음이 생긴다. 그렇게 아무렇게나 떠들어대더니, 너도 세상 살아가기가 쉽지 않다는 걸 알았을 거다. 몸과 마음의 엇박자도 가늠되지 않는 때가 있잖아. 하물며 너와 나 사이에 간극이야 당연한 거 아니야? 놀려도 보고 달래도 보았는데, 퀭한 눈만 껌뻑거릴 뿐 원숭이는 지금까지 말이 없다.

라그랑주 포인트 2

　돌이켜보면 나는 좋은 엄마는 아니었던 것 같다. 내 시선은 아이에게보다 나의 내부로 향해 있는 때가 많았다. 세 살이 되자 궁금증이 많아진 아이는 앙증맞은 검지를 들어 궁금한 것을 가리키며 질문을 해댔다. 아이의 호기심은 날로 커졌고 끊임없이 묻는 아이를 나는 감당할 수가 없었다. 수시로 나 자신의 내부로 침잠해 들어가 어떤 세계를 들여다보고 있는 나로서는 아이가 손을 들 때마다 다시 이쪽 세계로 빠져 나와야만 했다. 아이의 반짝이는 질문조차도, 내 의식의 흐름을 툭 끊어버리기에 내게는 오히려 고통인 때가 많았다. 그런 엄마의 예민함과 갈등을 일찍이 알아차린 아이는 자신만의 놀이를 개발하고 즐겁게 놀 줄 알았다. 어디를 데리고 가도 아이는 내 곁에서 혼자 재미를 찾아 놀았다. 그러다가 가끔 무언가를 가지고 와서 내 눈앞에 흔들어 보였는데, 아직도 엄마가 자신과 같은 세계에 살고 있는 것이 확실한지 확인하려는 행동처럼 보였다.

아이가 네 살이 되었을 때 나는 어떤 명상센터에 빠져 있었다. 내 안의 세계를 잘 들여다볼 수 있게 하는 명상에 매료되어, 나는 아이와 함께 놀아주기보다 내 안으로 여행하는 명상을 택하곤 했다. 기특하게도 아이는 책 몇 권을 가지고 내 곁에서 놀았고, 나의 명상을 방해하지 않을 줄도 알았다. 때로 아이는 화이트보드에 그림을 그리며 놀았다. 어느 날 깊은 명상 속에서 나는 대양을 헤엄치는 고래가 되었다. 대양을 거슬러 먼 길을 헤엄쳤고, 하늘을 향해 뛰어오르며 자맥질했다. 물살을 헤치며 큰 소리로 동료들을 부를 때면, 나의 울음은 저 대양 건너편 동료들에게까지 전달되었다. 내 울음소리를 들은 동료들이 속속 도착했다. 거대한 바다 위로 흰 포말을 일으키며 함께 튀어 오르는 우리들의 헤엄은 장관이었다. 나는 스스로 도취되어 긴긴 헤엄을 즐겼다. 그것은 헤엄을 위한 헤엄이었다.

명상이 끝났을 때 나는 깜짝 놀랐다. 명상 속에서 본 고래들의 장엄한 행렬이 화이트보드에 가득 그려져 있었다. 나는 헤엄치던 순간의 가쁜 숨에서 아직 벗어나지 못한 상태였다. 나는 놀란 것 같은 음성으로 흰수염고래를 가리키며 소리쳤다.

"맙소사! 저건 나잖아요!"

보드펜을 들고 의자 위에 올라가 그림을 그리고 있던 아이가 놀라서 울음을 터트리며 내 품으로 와서 안겼다. 그때 내 품에 달려들던 아이의 말랑말랑하고 따스한 체온을 나는 잊을 수가 없다. 아직도 나는 그때 아이의 울음이 무슨 뜻이었는지 알지 못한다. 자신의 세계에서 미처 빠져나오지 못해 놀라 울었던 것인지, 아니면 그저 야단맞는 줄 알고 놀랐는지. 그 후로 여러 사람의 칭찬에 한껏 고무된 아이는 그 명상센터에 갈 때마다 고래를 그렸다. 고래에 매료되어 그 생김과 생태가 적힌 백과사전을 짚으며 놀다가 아이는 한글을 저절로 깨우쳤다. 아이는 백과사전에서 본 고래를 본떠 보다 정교하게 그림을 그렸다. 그러나 처음의 그림 이후로 나는 명상 속에서 고래를 보지 못했다. 아이의 그림은 더 이상 대양의 그 고래들이 아니었다. 순수한 의식과 교육으로 자리 잡은 의식은 서로 밀쳐낼 수도 없고 끌어안을 수도 없는 공간에 라그랑주 포인트를 만든다. 그 사이에 거주지를 정한 것이 바로 문명이다.

라그랑주 포인트: 두 천체가 서로 공전하고 있을 때, 그 주변에 중력이 0이 되어 역학적으로 안정되는 곳이 있는데, 이곳을 라그랑주 포인트라고 함. 여기서는 서로의 다른 세계(질서)와 시각(관점)으로 인해 좁혀질 수 없는 차이로 쓰였음.

꿈꾸지 않는 여자

　그녀가 쌈짓돈을 빼앗기는데 걸린 시간은 채 반년도 되지 않았다. 그 일은 어느 날 걸려온 한 통화의 전화로 시작되었다. 목소리는 멋진 저음의 남자였는데, 백화점에서 그녀를 보았다고 했다. 사보에 쓸 사진을 찍던 카메라 앵글에 물건을 사고 있는 그녀가 포착되었는데, 자기가 보기엔 주부 모델로서의 가능성이 보인다고 말했다. 그는 자신을 영화감독이라고 소개하면서, 그녀의 세련된 마스크와 우아한 동작을 칭찬했다. 잠재력을 썩히지 말라고 자신에게 충고하던 저음의 목소리가 그녀는 이상하게도 기억에 남았다. 조신하고 부드러운 아내이며 정숙한 엄마로 살았던 그녀였기에, 남자가 제안하는 카메라 테스트 같은 걸 하고 싶은 생각은 없었다. 카메라 앞에서의 쑥스러움을 참을 자신도 없었다. 무엇보다도 그녀 안에는 밖을 기웃거리는 시선을 점잖게 잡아당기는 어떤 손이 있었다. 그 손의 검열에 걸려든 그녀는 점잖게 제의를 거절하곤 했다. 그러나 전화는 손의 검열보다 끈질겼다. 하루걸러 계속 전화가 왔다. 거절하는 통화를 곁에서 듣던 아들의 부추김에 그녀는 담당자를 만나 보기로 했다.

미팅이 있던 날 그녀는 오랜만에 공들여 화장을 했다. 아담한 코에 섬세한 입술. 아무래도 턱 선과 다크서클이 생긴 눈매가 마음에 걸렸다. 젊은 시절엔 얼굴형이 예뻤는데 이제는…, 하는 아쉬움이 있지만 아직은 괜찮다고 생각했다.

스튜디오에는 두꺼비 같은 남자가 캠코더를 들고 있었다. 그녀는 조금 찜찜했다.

촬영 장비가 캠코더라니? 그녀는 의아스럽고 불만스러웠다. 캠코더로 찍으면 처진 볼과 눈가의 그늘이 유난히 강조된다는 것을 그녀는 알고 있었다. 언젠가 그녀는 결혼식에 갔다가 캠코더로 찍힌 화면에서 자신의 우울하고 나이든 모습을 보고 소스라치며 놀란 기억도 있었다. 사실 실물과 사진은 달라서 어떤 사진으로도 그녀의 나이를 감출 수는 없었다. 호기심으로 반짝이는 동그란 눈과 깨끗한 피부가 그녀를 젊게 보인다지만, 사진으로 찍으면 그대로 나이가 드러나고야 마는 것이다.

스튜디오를 나오면서 그녀는 여기까지야, 라고 중얼거렸다. 어차피 내가 꿈꾸었던 일은 아니잖아, 하고 스스로를 위로했다.

사실 그녀는 거의 완벽한 주부이며 엄마였다. 어떤 때는 엄마와 주부가 되기 위해 태어난 사람이 아닌가 하는 착각이 들만큼 그녀는 자신의 자리에 잘 들어맞았다. 물처럼 소프트하고 친화적인 그녀의 성격이 자신의 자리에 잘 적응하게 했다. 중학교 때 그녀는 장래 희망을 '현모양처'라고 적었다. 지금까지 그녀는 장래 희망에 따라서 잘 살아왔다고 믿었다.

전화가 다시 온 것은 두 주가 지나서였다. 여전히 아름답지만 눈가의 그늘과 턱 선이 조금 무너져서, 라고 두꺼비는 아쉬워했다. 그것으로 끝났으면 좋았을 것을! 두꺼비가 추천해 준 곳은 연예인들이 자주 이용한다는 강남의 뷰티샵이었다. 경락 마사지를 받으면 처진 볼과 눈가의 어두움이 없어진다는 그의 조언에 따라 그녀는 망설임 없이 쌈짓돈이 든 통장을 깼다. 돈을 모으면서 그녀는 많은 꿈을 꾸었다. 크루즈를 타고 긴 머플러를 날리며 갑판에 서 있기도 했고, 새로 산 중형차를 몰고 서라벌 옛길을 드라이브하는 꿈을 꾸기도 했다. 가족과의 여행이 가장 행복했던 그녀였기에 절약하고 검소하게 살면서도 쌈짓돈을 모으는 일은 비밀스러운 기쁨을 주었다.

뷰티샵에서 시작된 지출은 잔주름 제거와, 피부 아래에 실을 넣어 얼굴 전체를 끌어당겨준다는 리프팅 전문 성형외과와 스튜디오 전용 화장을 해 주는 메이크업 전문가들에게 지출되었다. 쌈짓돈은 깨진 독에서 물 새듯 순식간에 빠져나갔다. 주인공을 돋보여줄 의상과 구두, 핸드백 등의 소품. 품격을 높이면서 이미지를 높여준다는 남양진주 목걸이에 이르기까지 그녀가 사진을 위해 지출한 금액은 놀라울 정도였다. 좋은 사진을 위해서는 약간 해쓱한 편이 좋다고 하여 다이어트와 배의 지방을 빼는 수술도 했다. 이제 그녀는 누가 보더라도 화사함을 갖춘 아름다운 여자가 되었다. 스튜디오에서 캠코더를 돌리던 두꺼비도 연신 나이스 샷을 외쳐댔다. 자신이 찾은 진주를 결코 놓치지 않는다던 그가 약속대로 완벽한 주부 모델을 탄생시킨 것이었다. 거울을 보면서 그녀는 이제 자신이 주부와 엄마로만 사는 일에 만족하지 못할 것을 알았다.

스튜디오를 나오면서 그녀는 쌈짓돈이 자신을 위해 가장 유용하게 쓰였다고 믿었다. 다이어트의 후유증으로 귀울림과 어지럼증이 생긴 것을 빼면 모두 좋았다. 그녀의 앞길에는 쭉 뻗은 신작로가 펼쳐졌고 이제 그 길로 가기만 하면 되는 것이다. 스튜디오 앞의 횡단보도를 건너다가 그녀는 잠깐 어지럼증을 느끼고 쓰러졌다. 차가 달려온 것이 먼저인지 그녀가 쓰러진 것이 먼저인지는 몰라도 세상이 잠깐 어두워졌다.

이제 사람들은 그녀에게 '꿈꾸지 않는 여자'라는 별명을 붙여주었다. 교통사고로 뒷머리를 다친 그녀는 뇌의 후두엽을 조금 제거했는데, 그 이후로는 꿈을 꾸지 않았다. 수술로 제거한 그

부분은 꿈을 관장하는 부분이라고 했다. 꿈을 꾸지 않아서 좋은 점도 있었다. 잠에서 깨어 조금 전의 꿈을 기억하고 떨떠름한 기분에 사로잡히는 일 따윈 이제는 없었다. 예전처럼 밤중에 소스라치며 일어나서 자신의 어디에 그렇게 잔혹한 꿈을 꾸게 하는 동굴이 있었는지 곰곰 생각해보던 그런 날도 없었다.

  수술 후에 그녀가 차리는 음식은 맛이 달라지지 않았다. 그런데 쌈짓돈의 행방과 일련의 일들은 통 기억해내지 못했다. 아무리 생각해 봐도 그 돈을 쓴 일이 없다고 펄쩍 뛰었다. 누군가, 틀림없이 남편이 쌈짓돈을 훔쳐갔을 것이라고 화를 냈다. 꿈 값으로 지불된 쌈짓돈의 정확한 내역을 알면 그녀가 우울증에 빠질 게 뻔했기에, 그녀의 남편은 쌈짓돈 통장을 다시 만들어 주었다. 그녀가 지불한 꿈 값이 얼마였는지 모르는 사람은 그녀 주위에는 없었다. 오직 쌈짓돈 통장을 들여다보는 그녀만 모를 뿐이었다. 꿈이 없어진 그녀는 예전처럼 현모양처가 되려고 애쓰지도 않았다. 행복해야 한다는 강박도 없어졌고 젊음을 유지해야 한다는 부담감도 사라졌다. 그녀는 꿈이 묶어놓았던 자유를 찾았다. 그녀의 몸과 마음은 적당히 여유롭고 통통해졌다.

부뚜막 꽃이 피었습니다

 오늘은 아들의 생일날입니다. 김장 준비에 손이 바쁜데 갑자기 손님이 오신답니다. 오늘 오시는 분은 제겐 가장 귀한 손님이니 제가 할 수 있는 제일 좋은 상을 차립니다. 트리플 에이 등급의 치마양지를 사다가 큰 솥에 미역국을 안쳤습니다. 양지는 푹 끓여야 깊은 맛이 나니 미역국은 아침부터 김을 올리며 끓습니다. 손님이 오신다는 시간에 맞추어 나물을 무치고 깔끔하게 대구전도 부칩니다. 잡채도 푸짐하게 준비하여 알록달록한 고명을 올렸습니다. 엘에이 갈비는 오븐에 굽습니다. 자칫하면 탈 수도 있으니 오븐을 수시로 들여다보며 마음을 졸입니다. 오븐에서 땡 하는 소리가 들리면서 손님도 도착했습니다.

 손님은 아들의 친구들입니다. 이제 갓 수염이 나기 시작한 소년 몇 명이 눈을 쓸벅거리며 집으로 들어옵니다. 몸에 달라붙는 스키니진을 입은 아이들은 터무니없이 머리를 길렀고 괜스레 어깨를 으쓱거리며 식탁에 앉습니다. 그 아이들 중 하나는 아들과 제일 친합니다. 과학고를 위해 공부하던 아들을 거리로 불러낸 녀석이지요. 아들에게 처음으로 담배를 건넨 것도, 책을 내던지고 패거리들과 어울리는 신나는 기분을 알려 주며 허파에 바람을 넣은 것도 그 아이랍니다. 한때 저는 그 아이를 죽이고 싶도록 미워했습니다. 전생에 무슨 죄를 지어 내 아이가 그런 아이의 꾐에 빠졌을까 하며 울기도 많이 울었었지요.

아이들이 입가에 기름기를 묻히면서 갈비를 먹는 모습을 보며 저는 아이들의 입가를 닦아주고 싶은 충동을 느낍니다. 아이가 어렸을 때 저는 아이의 입가에 묻은 자장면을 손가락으로 닦아내어 빨아먹곤 했었지요. 아이들이 제가 만든 미역국을, 잡채를 입에 넣으면서 즐겁게 먹는 모습을 보니, 내 아이처럼 사랑스럽습니다. 그런데 갑자기 아이들이 느끼는 압박감 같은 것이 느껴집니다. 생존 경쟁에서 살아남아야 하는 인간의 고뇌가 전해집니다. 처음으로 겪은 몽정이 난처해서, 공부 스트레스로 울고 싶은 기분이, 성큼 다가온 세상에 어떻게 맞서야 할지 몰라서 힘든 아이들의 심정이 고스란히 전해집니다. 울컥 눈물이 맺혀 저는 급히 싱크대 쪽으로 돌아서서 설거지를 합니다.

한때 저는 훌륭한 작품을 써서 세상을 놀라게 할 거라고 생각했습니다. 밥상 따위를 차리면서 내 인생이 끝나지는 않을 거라고 믿었지요. 다행스러운 일은 제가 진심이나 에너지를 밥상에 담을 줄 아는 것이었습니다. 심사가 꼬인 아이의 마음을 풀어 주고, 괜스레 어깃장을 놓는 남편의 답답한 속을 풀어 주는 것은 제가 아니고 밥상, 바로 부뚜막 꽃이었습니다. 밥상을 차리는 일은 과연 사람을 살리는 일이었습니다.

아들의 친구가 일어섭니다. 저는 잘 먹었다고 인사하는 녀석을 불러서 끌어안으며 "어이구, 이쁜 녀석!"이라며 등을 툭툭 두드려 주었습니다. 의도적인 말이 아니고 제 진심에서 우러나온 말입니다. 언젠가 죽이고 싶도록 미웠던 그 녀석이 이제는 내 아들처럼 측은하고 사랑스러운 녀석이 되어 있습니다. 모두 부뚜막 꽃이 피었기 때문입니다. 제가 진심이나 에너지를 담아낸 밥상은 제게 다시 그것을 돌려줍니다. 지금처럼 마법 같은 사랑을 가르쳐 주면서 말입니다.

오디

"우라질 년, 하필이면 오디를 사올 게 뭐여?"

방노인은 딸이 만들어 준 오디 주스를 앞에 놓고 구시렁거리고 있었다. 냉동실에 생 오디를 차곡차곡 넣으면서 딸은 방노인의 기분을 풀어 주려고 했다.

"어머니, 오디가 옛날부터 '상심자'라고 해서 늙지 않는 약이었대요."

그러나 방노인은 "폴새 다 늙어버린 걸 그걸 먹는다고 달라진다더냐?" 하며 어깃장을 놓았다.

"어머니 요즘 눈도 침침하고 귀도 좀 덜 들리시잖아요. 그럴 때 좋대요. 백발이 검게 변한다니, 잘 챙겨 드세요."

방노인이 아직도 가슴이 벌렁벌렁하고 입에 신 침이 돌아 곧 구역질이라도 할 것 같다는 것을 딸이 알 리가 없었다. 멋쩍거나 미안하면 오히려 큰소리를 치고, 욕을 내뱉는 통에 방노인은 동네에서 '욕쟁이 할머니'라는 별명을 얻었다. 오늘도 사정을 알지도 못하는 딸에게 화풀이를 한 것이 미안해서, 가기 전에는 좀 따뜻한 말을 건네려고 했었는데, 그만하고 집에 가라고 버럭 소리를 지르고 말았다.

"어머니, 친구가 돌아가셔서 마음 아프신 것, 다 알아요. 그 어르신께서 갑자기 치매가 생기는 바람에 그런 일을 저질렀다고 들었어요. 어려운 병인데 오래 앓으시며 고생하시지 않았고, 어려운 형편의 가족들에게 치매 치다꺼리를 맡기지 않으셨으니, 가시긴 했어도 그분 마음은 덜 힘드셨을 것이라고 편하게 생각하세요."

"망할 년, 넌 내 뱃속에 들어갔다 나온 듯이 빠삭하구나!"

딸이 돌아가고 나서도 방노인은 검푸른 오디 주스를 앞에 놓고 맥을 놓고 있었다. '그놈의 눈물쟁이 할망구, 내가 좋아하는 오디도 못 먹게 하고, 멍텅구리 같으니라고! 여든세 살이나 되어서 자살을 할 게 뭐야? 육이오 때 뿔갱이들이 초매를 들추고 겁탈을 했을 때도 견뎠고, 일본 놈들 치하의 모진 세월도 모다 견뎌내지 않았는가 말이야. 자식이 구박을 하면 얼매나 할 것이며, 맴이 폭폭하다 해도 그때만큼이야 했겠는가! 눈물쟁이 할망구…. 매일 울어쌓더니….'

방노인은 매일매일 입에 풀칠하는 일이 기적처럼 여겨졌던 일제 강점기와 육이오 사변의 피난 시절을 떠올렸다. 당시의 고통에 비하면 눈물쟁이 할망구의 푸념은 엄살이라고 생각했다. 눈물쟁이는 매일 방노인을 찾아와서 며느리가 자신을 홀대한 이야기며, 사돈과 함께 사는 딸네 집에 얹혀사는 어려움을 이야기했었다.

"사위는 경비원을 하고, 딸은 식당에서 설거지를 하러 다녀. 저희들도 살기가 어려운데 내가 와서 있으니 딸이 제 서방 보기에 얼마나 눈치가 보였겠어? 사위 눈치, 딸 눈치 보다가 내 속은 다 썩어버렸어. 피까지도 나는 오디처럼 시커멓게 썩었어."

매일 눈물 콧물을 짜는 신세타령을 들어 주는 것도 쉬운 일은 아니었다. 방노인은 자신의 몸이 힘든 날에는 눈물쟁이가 찾아와도 집에 없는 척하며 문을 열지 않았다. 오늘 아침 놀이터에서 눈물쟁이를 만났을 때, 어디 갔다가 오는 길이냐고 물었더니 "쩌그, 쩌그 가는 길이여."하고 팔을 홰홰 저으며 걸어가던 모습이 떠올랐다. 자식들은 할망구가 치매에 걸렸다고 했지만, 방노인은 알고 있었다. 할망구는 치매가 아니라 깊은 우울증이었다는 것을.

"눈물쟁이야. 이제 거기서는 울지 말어. 내가 봤더니만 당신 피도 붉더구먼. 그 모진 세월을 견디며, 눈치를 보며 살았어도, 우리 늙은이들 피도 곱고 붉더래니께. 그러니 살아야 하는 거. 이 눈물쟁이야. 마지막 가는 길 목마를 텐데 자, 이거나 마시고 가시게."

 방노인은 딸이 준 오디 주스를 화단에 뿌렸다. 눈물쟁이를 위한 고별식을 마친 방노인에게 미스김라일락이 하늘하늘 고개를 저었다. 진한 향기가 코끝을 스쳤다.

군자란

 음력 정월이 지나고도 아직 추위가 한창일 때 군자란 화분에서 꽃대가 올라왔다. 꽃대가 고개를 들자 남편은 쌀뜨물을 받으라고 성화였다. 하루쯤 묵힌 쌀뜨물을 주면 꽃이 아름답게 핀다고 했다. 어느 책에서도 찾을 수 없는, 군자란을 키워본 사람만이 알게 되는 경험이다. 화초는 잘 키운 경험도 중요하지만 실패한 경험도 유익하다. 물을 얼마나 주어야 하는지 비료나 토질이 어떤 것이 좋은지는, 자신이 직접 화초를 키우며 실패해 봐야 알게 된다. 화초를 키우는 일 또한 좌절과 실패에서 이치를 터득하는 우리네 사는 모습과 많이 닮았다.

 혹독한 겨울을 지나야 비로소 의연히 꽃을 피우는 것이며, 향기를 내세우지 않고도 의젓하며 기품 있는 자태. 그리고 마침내 군자란에서 피어난 주황색의 꽃을 나는 오래전부터 좋아했다.

언젠가 나는 남편에게 군자란이 잘 자라는 집 부부들은 금슬이 좋더라는 말을 했다. 누군가에게서 들은 말이어서 나는 곧 잊어 버렸는데, 남편이 어느 날 군자란 화분을 들고 들어왔다. 누군가 버린 것을 주워왔다고 했다.
"군자란이 부부금슬을 상징한다던데, 누가 그런 걸 함부로 버렸을까요?"

내가 한 말은 그것뿐이었다. 남편은 멋쩍은 얼굴로 화분을 들고 들어오면서, 부부금슬이야 아이가 잘 자라준다면 절로 좋아지는 법이라며 중얼거렸다. 그러더니 그날부터 군자란 화분에 매달렸다. 우선 플라스틱 화분을 버리고 말끔한 백자로 분갈이를 했다. 밖에 버려져서 시들고 추레했던 화분은 이내 말끔해졌다. 마구잡이로 자라난 잎을 가지런히 하기 위해서 잎 사이사이에 부드러운 헝겊을 대주었고, 비뚤어진 자세는 끈으로 묶어 고정시켰다. 나는 화초가 자연스럽게 자라도록 두지 않고 의도적인 손길이 닿는 것을 좋아하지 않았다. 잘 살고 있는 꽃을 꺾어 이리저리 모양을 만드는 꽃꽂이도 싫고 나무 분재도 갇힌 기분이 들어 답답했다. 그러나 남편의 생각은 나와는 달랐다.

"사람처럼 화초도 보살피는 손길이 필요한 거야. 안 그러면 제멋대로 자라잖아. 그건 화초에게도 바람직하지 않은 일이야."

남편이 군자란에 정성을 쏟던 때는 온화하던 아들이 갑자기 럭비공처럼 제멋대로 튕겨져 나가던 사춘기였다. 이상하게 정성을 기울일수록 아들은 어긋났고 남편과 나는 늘 그 일로 다투곤 했다. 군자란 화분을 들고 들어온 날부터 남편은 아들을 혼내고 손찌검하던 일을 멈추었다. 대신에 계속 군자란 화분을 들여왔다. 아파트 화단에 군자란을 버리는 사람들이 왜 그렇게 많은지, 이상한 일이 아닐 수 없었다.

  남향으로 앉은 아파트 베란다는 볕이 좋았다. 남편은 열 개나 되어버린 군자란 화분에 물을 주고 거름을 넣었다. 그리고 가끔 "허허, 녀석 곧게 잘 자라야지!"하며 탄식하듯 혼잣말을 하곤 했다. 오늘도 남편은 볕이 좋은 남쪽 베란다로 화분들을 옮겨놓고 있었다. 관심과 사랑을 받은 화분들에서 꽃들이 피어 수선스러운 봄날의 아침, 꾸벅 고개를 숙여 인사를 하며 학교로 향하는 아이의 뒷모습이 의젓해 보여서 나는 울컥 목이 메었다. 그리고 나는 알았다. 남편이 키운 것은 군자란이 아니고 아비의 기다림이었다는 것을.

굴비

저녁상에 딸이 굴비를 구웠다. 잘 구워져 기름기가 반지르르한 알배기굴비였다. 딸은 먹지도 않고 접시만 멍하니 쳐다보더니, 굴비접시를 부엌 창틀 위에 옮겨 놓았다. 내가 떠난 지 벌써 일 년이 다 되어 가는데, 딸은 잊지 않고 부엌 창틀 위에 나를 위한 밥과 냉수를 올려놓는다. 애야, 무엇 때문에 너는 나를 놓지 못하는 게냐! 혹시 네 서러움을 그곳에 올려놓고 바라보려는 게냐? 서러움은 바라보는 게 아니고 묻어두는 것이란다. 서러움은 너무 파래서 자꾸 들여다보면 그 파랑이 또 다른 곳에 묻어나는 법. 딸아, 어서 서러움을 들어 밖으로 나가 묻어버리렴. 아무리 이야기를 해도 딸은 파란 물이 들어버린 듯 무거운 얼굴이다.

어두운 하늘을 보며 창에 기대어 있던 딸은 우울한 그림을 떠올리고 있다. 그것은 촉수 낮은 백열전구의 누런 불빛 아래에 둘러앉은 딸의 어린 시절, 어느 저녁 밥상의 일이었다. 밥상 앞에서도 딸은 동화책을 들고 앉아 읽곤 했다. 겉표지가 빨간 계몽사 동화전집은 몸이 약해서 밖에서 놀지 않았던 딸이 제일 아끼는 보물이었다. 동화책의 기억과 더불어 딸은 내 옷자락에서 맡던 싸한 가죽냄새와 수구레 고기와 턱수염의 까칠한 감촉 같은 것들도 기억하고 있다. 그때는 내가 미국산 소가죽을 깎는 일을 할 때였다. 젖고 구부러진 상태의 물가죽을 펴고 다듬고 깎는 일이었다. 마른 가죽에 비해서 젖어 있는 상태의 물가죽을 다루는 일은 몇 배나 더 힘들었다. 나는 그것을 신발을 만드는 가죽, 핸드백을 만드는 가죽, 의류용 가죽으로 쓸 수 있도록 얇게 포를 떠냈다. 수십 년 동안 내 손에서 아름답게 변신한 가죽이 유명 제화점으로 납품되었지만, 정작 나는 그 제화점의 구두를 신어본 적이 없다. 그 일을 새삼스레 떠올리며 딸은 눈가를 적시고 있다.

고된 일을 마친 후 술을 걸치고 집에 들어오는 날이면, 나는 호기롭게 큰소리를 쳤다.
— 이눔들아. 애비가 괴기 가져 왔다. 공부하네?
방바닥에 엎드려 숙제를 하던 아이들에게 턱수염을 비벼대면 아이들은 술 냄새에 얼굴을 찡그리곤 했다. 고기 볶는 냄새가 요란하게 나고 저녁상에 푸짐한 고기반찬이 들어왔지만 딸은 그 고기를 먹지 않았다.

- 니 와 괴기 안 먹네? 배때지가 부른 기구만. 저 아이는 뉘 길 닮아 그리 입이 짧노? 손모가지는 황새가 아자씨 하자고 하게 생깃구만.

내가 가끔 집에 가져간 거무튀튀한 고기는 냉동된 수입산 소가죽에 붙어 있던 고깃덩어리였다. 사위가 친구들과 함께 함을 팔러왔던 날 나는 그 내력을 이야기한 기억이 난다.

- 아, 그 코쟁이 놈덜이 배때기에 기름끼가 끼어서리 고깃댕이가 붙어있는 걸 가죽이라고 수출한 것이 아니겐? 냉동선에서 소가죽을 부리면 서로 먼저 달려들어 그 얼음덩어리를 헤집고서리 고기를 막 썰어담았디. 우리 큰사위 마누라는 입이 짧아서리 먹디 않았디만, 우리 식구들은 야, 그 수구레 고기 덕택에 살았어야.

거나하게 취한 내 이야기에 사위는 재미있어했지만 딸은 방부제 처리한 고기를 먹던 이야기를 한다고 싫어했다. 부모도 땅도 다 이북에 두고 온 사람들이 사는 일은 쉽지가 않았다. 소도 언덕이 있어야 비비는 법이라는데, 나는 기댈 곳도 없이 세상천지에 동그마니 혼자 몸이었다. 몸뚱이 하나에 의지해 나는 올망졸망한 새끼들을 키우며 살았다. 그래도 나는 수구레 고기를 먹을 때마다 고향 쪽을 향해 마음속으로 절을 했다. 어마이, 나 지금 괴기 먹으요. 어마이는 딘디 드셨는기요? 하고 말이지.

그 날 사위가 맞장구를 치는 바람에 기분이 좋아져 나는 늦도록 지난 이야기를 했다. 이북이 공산 치하가 된 후 민초들이 겪었던 어려움과 지주였던 조부의 땅을 빼앗기고 숙청 대상이 되어, 친척집 아궁이 속에서 삼 년을 숨어 지냈던 일들. 그때의 후유증으로 평생 풍치로 고생한 이야기를 하며 웃었으니, 세상 일이란 그런 것인가 보다. 고통도 지나고 보면 즐거운 에피소드가 되고, 흰 구름 지나간 일이 된다.

딸은 지금 거제도의 일을 떠올리며 마음에 푸른 칠을 하고 있다. 인민군 군대 징집을 피하려고 먼저 남하한 나는 다시는 가족들과 만날 수가 없었다. 내가 남으로 넘어온 후에 삼팔선이 고정되어 남은 가족들은 올 수가 없었다. 나는 남쪽에서 군대를 가고 이북에 남은 나의 여섯 동생들은 인민군이 되었다. 그것으로 끝났으면 그래도 나았으련만 시절의 배신으로 우리는 육이오를 맞았다. 나는 전쟁터에서 동생들과 총부리를 겨누고 마주서는 불행을 겪어야 했다. 전쟁이 끝나고도 나는 밤마다 총으로 동생의 철모를 뚫는 악몽에 시달렸다. 지금에 와서 딸이 그 일을 떠올리며 슬퍼하는 것은 옳지 않다. 비록 내 바로 밑의 동생이 거제 포로수용소에서 한 많은 일생을 마쳤다고 해도, 그 끈끈한 비통함이 대를 이어 딸의 가슴에 구멍을 뚫는 일은 없어야 한다. 딸은 굴비를 좋아한 그 동생 때문에 평생 굴비를 먹지 않은 나를 기억하고, 저 창가에 굴비를 놓아두는 것이다.
- 아야, 그건 돟디 않다이.
아무리 이야기를 건네도 딸은 여전히 헛손질만 하고 있다. 종일토록 굴비는 냄새를 풍기며 창가에 그대로 놓여 있다. 딸의 손은 온통 푸른 물 범벅이다.

생각 속의 생각

할아버지를 만난 이야기를 하면 엄마는 화부터 내신다. 내가 너무 자주 할아버지를 만나기 때문이라지만 아마도 엄마는 샘나는 게 틀림없다. 할아버지도 이상하다. 우리 집에 오셔서 엄마가 끓인 맛있는 콩비지 찌개도 드시고 내가 새로 배운 소네트도 들으면 좋을 텐데 항상 서둘러 돌아가신다. 할아버지께 들려드리려고 곡을 다 외웠다고 자랑했지만 할아버지는 밖에서 내 피아노 소리를 듣겠다고 하신다. 아직도 할아버지의 헤어스타일은 은빛이라고 말했더니 엄마는 아예 눈물을 펑펑 쏟는다. 울어서 엄마 눈이 토끼처럼 빨개지는 게 나는 싫다. 그래서 다시는 할아버지를 만난 이야기를 하지 않을 거다. 이제부터 이 이야기는 일기장에만 적을 거다.

놀이터에서 그네를 타고 있는데 또 할아버지가 오셨다. 사실 나는 오늘은 엄청 재수가 없는 날이다. 짝꿍하고 싸워서 화장실 청소를 해야 했고, 청소를 하다가 창 옆에 있는 화분을 하나 깨서 선생님께 또 야단맞았다. 또 내가 키우던 캐릭터는 골룸과 싸우다가 두 번이나 사망했다. 약이 올라서 마우스를 쾅쾅 두드리며 소리를 지르다가 엄마한테 잔소리를 들었다. 나는 왜 잔소리에 약해질까? 욕심쟁이 짝꿍한테서 어떻게 다시 지우개를 빼앗지? 그네 위에서 씨근덕대고 있을 때 할아버지가 오셔서 옆에 앉으셨다.

"우리 장군이가 기분이 안 좋은가 보- 네"

노래하듯이 할아버지가 물었지만 나는 대답할 기분이 아니었다.

"꽤 마음이 상했구나. 장군아, 내 이야기 좀 들어볼래?"

나는 골이 나서 그네 앞에 기우뚱하게 서 있는 시소를 발길로 찼다.

"장군아, 네 마음속에 네 짝꿍이 있니?"

할아버지의 질문에 나는 얼른 대답할 수 있었다. 지금도 짝꿍 때문에 골이 났으니까.

"그 욕심쟁이 방구쟁이 녀석."

"마음속에 짝이 있으니까 장군이 마음은 네 짝보다 크겠구나. 혹시 이 놀이터가 거기 들었을까?"

할아버지는 코를 찡긋하며 장난스러운 표정을 지어보였다.

"내 마음속에 놀이터가 있냐고? 그럼요 꿈에서도 놀이터에서 노는걸요."

"저런, 그럼 네 마음은 이 놀이터보다 훨씬 큰 게로구나. 혹시 네 학교는 어떠니?"

"있어요. 학교도 우리 집도 우리 마을도 다 이 생각주머니 속에 들어 있어요."

나는 내 머리통을 가리키면서 빠르게 대답했다.

"대단한걸. 우리 장군이 마음이 엄청 큰데?"

할아버지는 어둠이 조금씩 내리고 있는 밤하늘을 쳐다보고 있었다.

"그럼 저건 어떠니? 하늘은, 저 우주는 네 마음에 들어 있을까?"

나는 세수하고 나온 초저녁 샛별과 검푸른 하늘을 올려다보았다.

"그런 것 같아요. 하늘의 별자리도 알고 있고, 우주는 얼마나 크고 넓은지 가끔 생각하니까요."

"그래. 우리 장군이 마음이 정말 넓고도 크구나. 그렇게 커다란 마음을 한 번 헤아려보았니? 그 큰마음 속에 무엇을 담을까 떠올려볼까?"

오늘따라 할아버지는 금방 가버리셨지만 나는 한참동안 놀이터 그네 위에 앉아 있었다. 놀이터와 학교와 우리 마을이 가슴

속에 들어있는 기분이 들었다. 그리고 크고 넓으며 아득한 우주가 내 마음속에 가득히 채워지는 기분이 들었다.

 돌아가신 분 이야기는 자꾸 하는 게 아니라고 엄마는 말씀하시지만 나는 엄마가 왜 그런 말씀을 하는지 모르겠다. 날마다 할아버지는 내 생각 속의 생각에 자꾸 자꾸 살아오시는 걸 어쩌란 말이야.

섬집 아기

 군불을 넣다가 아낙은 걱정스럽게 바다 쪽을 내려다본다. 된바람에 먼 등대의 불빛마저 펄럭거린다. 바다가 어깨를 뒤틀며 너울 치는 소리가 예사롭지 않다. 삼 일째 비가 내려 공기는 습하고 아이는 지나치게 예민하다. 자꾸 칭얼대고 젖 빠는 힘도 약하다. 미열이 들락거리고 잠이 들었다가도 놀라 깨어난다. 그런 아이를 두고는 자맥질할 엄두도 내지 못해, 부엌에는 끓일 음식도 거의 없다.
 아궁이에 군불을 넣으며 아낙은 자꾸 손으로 눈가를 훔친다. 아이를 업은 허리와 등판이 찌르르 아파온다. 젖은 장작에서는 매운 연기가 피어오른다. 연기 때문에 아낙은 또 눈에 손을 댄다. 풍랑이 드센 바다를 보면 두렵다. 그러나 정작 두려운 일은 자신이 두려워한다는 사실을 아는 순간이다.

방구들이 미적지근해졌다. 아낙은 뻐근한 등줄기를 바닥에 대고 누웠다. 잠깐 잠들었나 싶던 아이가 딸꾹질 소리를 내더니 경기를 일으킨다. 몸이 쩔쩔 끓는다. 아낙은 어찌할 바를 몰라 하며 허둥댄다. 옷을 벗기고 물수건을 갈아주지만 아이는 울지도 못하고 축 처져 있다. 몇 시간이 지났는지 알 수가 없다. 겨우 아이의 열이 내렸다. 지친 아낙은 망연히 바깥으로 향한 쪽 창문에 기대어 선다.

날이 아직 밝을 기미가 없어, 밖은 지나치게 검고 푸르다. 바깥의 끈끈한 어둠을 바라보던 아낙은 느닷없이 노래의 첫 소절을 떠올린다. 언제 배운 기억도 없는 노래가 흘러나온다. 밤새 지친 몸속에 고인 맑은 옹달샘. 그 꾸미지 않은 샘물 같은 음성으로 노래를 부른다.

엄마가 섬 그늘에 굴 따러 가면
아기는 혼자 남아 집을 보다가
파도가 들려주는 자장노래에
팔 베고 스르르르 잠이 듭니다.

노래를 부르면 눈물이 마르고 두려움도 슬며시 녹는 기분이 든다. 돌아보니 아기는 맑은 얼굴로 잠이 들었다. 밤새 거칠던 숨소리가 이제는 평화롭다. 멀리 하늘갓이 어스름을 밀어내고 슬며시 어뚝새벽을 일으키고 있다. 물띠를 매달고 들어오는 배들의 모습도 간간히 보인다. 바다의 거친 어깻짓도 수그러들었다. 비가 그쳐 처마 밑에 낙숫물 자국이 동그란 모양으로 고르게 패여 있다. 우뚝 빗살을 세우는 햇귀를 보며 아낙은 항구로 달려간다. 속속 도착한 배들로 인해 항구는 벌써 북적거린다. 아낙이 찾던 검붉은 얼굴이 긴 생선을 한 손에 든 채 다른 손을 번쩍 들며 소리친다.

만선이요!

앨범을 펼치는 시간 2

 겨울 햇살은 장지문을 넘어서 여자의 등판을 비추고 있다. 햇살의 따스한 발바닥이 등에 눕는다. 벌써 몇 번이고 보고 또 본 앨범 앞으로 둥그스레한 그림자가 제법 길게 몸을 눕힌다. 포대기의 아이는 어느새 단발머리의 계집아이가 되고, 계집아이는 교복 속에 열정을 감춘 소녀로, 소녀가 숙녀가 됐나 했더니, 곧 아이를 안은 모습이다. 엄마와 할머니의 징검다리를 건넌 여자는 어느 순간 또 갓난아이로 울음을 터트린다. 순환의 고리는 무수한 나선형을 그리며 이어진다.

 풀 먹인 새하얀 칼라 속에 감추어진 여윈 목덜미를 들여다보다가, 여자는 자신의 입 언저리가 어머니의 그것과 닮아 있음을 알았다. 웃을 듯 말 듯 다문 입매가 영락없는 어머니였다. 나무 함지박의 넓은 밑바닥처럼 둥글려진 턱 선은 할머니의 옆 얼굴과 닮았다. 꺼지지도 솟지도 않은 이마와 머리부리가 갈매기처럼 난 선은 언젠가 본 고조할머니의 이마이다. 껑충한 키는 이모이고 키가 커도 둥글둥글한 몸피는 이모할머니의 몸집이다. 그뿐만이 아니었다. 마주보는 햇살이 눈 부셔서 실눈을 뜬 모습은 교과서에 나온 100년 전 기생 사진과 비슷했다. 여자는 자신이 어디선가 본 누군가와 닮았다고 여겨졌다. 그들과 닮은 무엇을 빼면 자신만의 고유한 얼굴이 있을까? 독립된 실체라 믿었던 자신이 형태도 없으며 일찍이 생긴 적도 없는 개념처럼 느껴진다. 여자는 옛날로부터 이어진 여러 존재들이 서로 의지하며 연결되어진, 무한한 나선형의 궤도 위에 얹힌 한 조각의 거울이다.

가로 관계는 여자의 존재를 대변한다. 가족 속에서의 여자, 직장에서의 여자, 국가 구성원으로서의 여자. 모임 속에서의 여자. 여러 관계 속에서의 자신을 빼면 무엇이 남을지 여자는 궁금하다. 관계의 다리가 절단된 몸뚱이로 기거나 걷거나 날 수 있을까? 세로로 올려다보면 여자의 위에는 많은 어머니들이 있다. 여자는 어머니에게서 태어났고 그 어머니 또한 어머니로부터 태어났다. 무한한 나선형의 고리 위에는 몇십만, 몇백만의 수많은 어머니의 얼굴들이 있다. 서로 연결되고 의지하며 무한한 리듬을 타고 있는 우주의 고리. 영원하고 살아있는 거울.

여자는 고리 위의 무수한 어머니들을 올려다본다. 그리고 천

천히 손을 든다.
"어머니, 어머니, 어머니들…. 안, 녕, 하, 신, 가, 요!"
어머니들도 손을 들어 보인다.
어머니들의 손, 영원하고 살아 있는 우주의 고리.

3부
라그랑주 포인트

아프리카 콩고의 산간 마을의 한 부락에는 깃발이 두 개 있다. 깃발이 꽂힌 집은 이장이 사는 집이라는 뜻이다. 불과 80여 명이 옹기종기 모여 사는 이 마을에 이장이 둘인 이유는 간단하다. 서로 말이 통하지 않기 때문이다. 언어만 다른 것이 아니라 의식과 문화가 전혀 다르다. 한쪽은 모계사회이고 한쪽은 부계사회이다. 수렵을 중심으로 살아가는 종족은 어머니가 식탁의 가운데에 앉고, 남자의 노동력이 필요한 농업을 중심으로 살아가는 종족은 아버지가 중심이 되어 살아간다. 어떤 풍속이나 종교가 존재한다면 그것이 성립되는 필연적 이유가 있다.

서로 다른 질서와 관점으로 인한 차이를 이들은 깃발 두 개로 큰 문제없이 살아간다. 두 깃발이 세워진 집 중앙에는 마을의 큰 길이 있다. 이 길의 우물가에는 양쪽 질서에서 사는 아이들이 모여서 서로 뒹굴며 논다. 이들에게 언어와 깃발은 아무런 문제가 되지 않는다. 그 길은 라그랑주 포인트에 건설한 가상의 우주기지와 무척 닮았다. 무척 앞서간다고 믿었던 과학은 지금 자연 속에 존재하고 있는 것들을 증명할 뿐이다.

라그랑주 포인트: 두 천체가 서로 공전하고 있을 때, 그 주변에 중력이 0이 되어 역학적으로 안정되는 곳이 있는데, 이곳을 라그랑주 포인트라고 함. 여기서는 서로의 다른 세계(질서)와 시각(관점)으로 인해 좁혀질 수 없는 차이로 쓰였음.

바다는 다시 일어서며

 멀리 지평선을 딛고 아침이 열린다. 잠들었던 갈매기가 깃을 털고 날아오른다. 흰 셔츠를 입은 민낯의 여자가 창문을 연다. 바다가 다시 일어서며 저 아래에 숨었던 것들을 토해낸다. 바다가 토한 것들이 모래밭으로 밀려나온다.
 여자가 맨발로 모래밭을 걷는다. 발바닥에 닿는 차가운 물기와 모래의 간지러움. 해변에는 밤새 바다가 몰래 토해놓은 것들이 뒹군다. 바다의 입김이 남아 있는 것들은 반짝이는데, 멀리 밀어놓은 것들은 딴청을 피우며 말라 있다. 여자가 들어 올린 것은 소라고둥이다. 구멍 뚫린 소라고둥. 살아있지 않은 것은 가볍다. 여자가 하늘을 향하여 소라고둥을 올리고 구멍 사이로 세상을 본다. 햇살이 소스라치며 빛을 내어 준다. 작은 구멍을 통과하여 밀려드는 빛이 아프다. 여자는 통증에 놀라서 소라고등에서 눈을 뗀다. 빛은 여자를 꼬맹이 시절로 데려다준다.

꼬맹이는 어머니의 무릎을 베고 누워있다. 모시옷의 까실한 촉감. 어머니의 겨드랑이 사이로 성근 모시 올을 통과한 촘촘히 반짝이던 가을볕. 세상은 참으로 명료하고 지치지도 않으며 반짝이던 그 시절. 꼬맹이가 손짓을 하면 나무의 잎사귀도 와솨솨 손을 흔들며, 빛 무더기를 잎사귀 사이로 내어 주던 은혜로운 시절. 꼬맹이가 바다에 묻은 소중한 것들이 있었다.

동네에는 매주 금요일이면 꽹과리와 큰북과 징을 앞세운 간장 장수가 찾아오곤 했다. 간장 장수가 두들겨대는 꽹과리 소리가 아이들을 불러냈다. 빨간 코안경을 쓴 간장 장수는 큰 북을 양 어깨에 띠로 둘러멨고, 북채는 발에 연결하여 걸을 때마다 쿵쿵 소리가 났다. 큰 북이 울릴 때마다 코끼리가 고무줄놀이를 하는 듯 땅이 쿵쿵 울렸다. 간장 장수 옆에는 꼬맹이 또래의 계집아이가 징을 치며 따라가고 있었다. 간장 장수의 딸이었다. 계집아이는 땟국이 흐르는 뺨에 찢어진 검정 치마를 입었고, 흘러내린 콧물이 코와 입술 사이를 오르내렸다. 꼬맹이는 번쩍이는 징을 치는 간장 장수의 딸이 너무나 부러웠다. 간장 장수의 딸이 아닌 것이 약이 오를 지경이었다. 아이들과 함께 간장 장수의 행렬을 따라갔다. 큰북과 꽹과리와 징 소리가 온몸과 정신을 마비시켰다. 그 리듬에 꼬맹이는 절로 어깨가 실룩거렸다.

꼬맹이의 손이 저절로 무한대를 그렸다. 그리곤 궁둥이가 덩실, 허리가 갸웃하더니 자연스럽게 리듬을 탔다. 어디서 배운 적도 없고 본 적도 없는 순결한 춤. 온전한 심장을 드러내고 맥박을 그대로 내어 주는 춤이었다. 꼬맹이가 춤을 춘다는 소문에 온 동네 사람들이 모여들었다. 꼬맹이는 사람들의 시선을 즐길 줄 알았다. 간장 장수도 흥에 겨워 덩더쿵 장단이 자진모리장단으로 빨라졌다. 휘모리장단에 이르자 꼬맹이의 몸은 상모가 되어 돌고 돌았다.

춤은 울부짖으며 달려온 어머니에 의해 멈춰졌다.
"아이고, 계집아이가 창피스러운 것도 모르고. 도대체 뭐가 되려고…."
어머니의 울음은 길고 슬펐다. 꼬맹이의 춤은 꽁꽁 싸여져 바다 밑으로 던져졌다. 다시 또 춤을 춘다면 기생이 되거나, 천한 무당이 될 거라며 어머니는 여자를 심하게 단속했다. 그때부터 여자는 즐거운 일이나 재미와 거리를 두는 버릇이 생겼다. 특히 북소리나 꽹과리 소리가 들리면 가던 길도 멀리 돌아갔다. 저 리듬이 나를 또다시 뜨겁게 달궈 미친 춤 속으로 밀어 넣지나 않을까 늘 경계했다. 바다가 다시 일어서는 것을 보면 여자는 그때 가라앉은 춤이 밀려나오지 않을까, 고개를 빼고 쳐다보곤 했다. 수십 년 전의 일이지만 여자는 그때의 미칠 듯 돌고 돌던

휘모리장단의 리듬을 잊을 수가 없다. 그리고 가끔은 그때 기생이나 무당이 되어버렸으면 어땠을까 생각에 잠기곤 한다.

소라고둥을 든 여자가 수평선을 바라본다. 멀리 아주 멀리서부터 너울이 뒤채며 다가온다. 꽁꽁 싸여져 바다 밑으로 던져진 춤이 리듬을 타며 너울너울. 바다가 다시 일어서고 있다.

라그랑주 포인트 1

　영사의 시신이 발견된 것은 호수 밑창이 빠져버린 날 저녁이었고, 미국의 CIA 부국장 제이슨은 다음 날 아침 도착했다. 그는 자신들의 완벽한 첩보망에 대해 떠벌렸지만, 날짜 변경선과 사건이 이루어진 시각을 감안해보면 영사의 시신이 발견되기도 전에 출발한 것이 분명했다. 미국이 위성으로 전 세계를 감시하고 있다는 소문이 사실인 것 같았다.

　제이슨이 제일 먼저 간 곳은 니즈니 노보고로드의 호수였다. 하룻밤 새 물이 모두 빠져나간 호수는 진흙구덩이로 변해 있었고 주변의 나무들은 모든 뿌리를 쳐든 채 중심부를 향해 엎드려 있었다. 마치 부활한 신에게 경배를 드리고 있는 것처럼 보였다.

　"용이 되어 승천한 이무기가 내뿜는 불의 뜨거움에 물이 말라버린 거요."

 호수에서 낚시를 하며 생계를 잇고 있다는 구레나룻이 검은 주민의 말이었다.

 "이 양반이 모르는 소리를 하네. 이 호수는 이반 뇌제가 쇠꼬챙이를 자식에게 던져 그 장남이 죽었을 때, 그때 흘린 피로 만들어진 분노의 호수라오. 그러니 별 해괴망측한 사건이 계속 나는 거요. 얼마 전에도 호수 근처의 집 세 채가 모두 바닥으로 꺼져버린 일도 있어요. 난 이 호수에서 잡힌 물고기는 절대 안 먹어요. 화를 참지 못하게 만드니까."

 구레나룻의 아내가 머리를 흔들었다.

 "무슨 소리야? 그래서 이반 뇌제가 호수 속에 교회를 지었다잖아. 자신의 죄를 참회하려고. 그러니 죄 없는 물고기까지 엮지는 마서. 그래도 그놈들이 우리 밥벌이였는데…."

 어수선한 주민들의 말과는 달리 지질학자는 원래 지반이 약한 호수였는데, 어떤 이유로 인해 지반이 무너지면서 지하에 있던 수로나 동굴 등으로 물이 갑자기 빠져나갔을 뿐이라고 말했다. 호수 밑바닥에는 채 빠져나가지 못한 물고기의 비늘이 번질거리며 벌써 썩는 냄새를 풍겼다. 주민들 사이에서 외계인이 물이 필요해서 지구의 물을 빼가고 있다는 소문이 증폭되면서 동요는 더욱 심해졌다.

 "미국이 결국 여기까지 쳐들어와서 우릴 못살게 굴고 있어요! 물까지 다 빼내가다니!"

한 노파의 외침에 마을주민들이 술렁거렸다. 자신을 바라보는 눈길이 험악해진다 싶자, 제이슨은 급히 대사관으로 돌아왔다.

사건 당일 영사를 마지막으로 만났다는 니제고로드 비누공장 조합장은 자신은 관련이 없다고 투덜거렸다.

"페테르부르그의 넵스키 화장품에서 나온 비누로 부활절 선물을 골랐다기에 항의를 하러 갔던 겁니다. 우리보다 매출은 많을지 몰라도 품질은 니제고로드 비누가 더 낫다고 말했을 뿐입니다."

"비서 말로는 언쟁이 있었다던데요? 원래 그렇게 잘 흥분하나요?"

조합장의 흥분한 얼굴을 곁눈질하며 제이슨이 말했다. 조합장이 언성을 높일 수도 그러지 않을 수도 없어서 안절부절못하고 있을 때, 제이슨은 영사의 메모를 발견했다. 메모에는 '호수의 물이 빠졌다고? 나타샤는 이제 내 것이다.'라고 써 있었다.

비서가 머뭇거리면서 가르쳐준 호숫가에 위치한 나타샤의 집에는 붉은 얼굴의 털북숭이가 술에 취한 채 잠에 빠져 있었다. 제이슨에게 차를 내다 준 나타샤는 유난히 낭창낭창한 허리를 좌우로 흔들면서 걸어왔다. 영사의 메모를 본 그녀는 호수의 물이 그렇게 쉽게 빠질 줄은 아버지도 누구도 몰랐을 것이라며, 술에 취해 한 약속은 잘못된 것이 아니냐며 호수처럼 파란 눈에 눈물이 고였다.

호숫가에서 낚싯대를 빌려주고 잡은 생선으로 음식을 만들어주며 살아가던 그의 아버지는, 영사가 매일 찾아와서 딸을 달라고 말하자, 저 호수의 물이 하루아침에 빠져버리지 않는 한 나타샤가 당신 같은 미제 홀아비에게 갈 일은 없을 것이라며 호언장담을 했다는 것이었다.

"호수 물이 빠졌다는 소문을 듣고 영사가 찾아왔고, 아버지와 다툼이 있었겠군요. 그래서 아버지가 저 삽으로 내리쳤나요?"

제이슨이 구석에 놓인 삽을 턱으로 가리켰다. 삽은 유난히 깨끗하게 닦여 있었다. 나타샤가 눈을 내리깔며 말했다.

"그런데 정말 당신들이 밤새 그 물을 다 뺐다는 말이 사실인가요? 미국은 정말 그런 일도 할 수 있어요?"

나타샤는 슬그머니 치마를 걷어 올렸다.

"나를 그곳으로 데려다줘요."

내 것 아닌 삶

　범인이 누군지 알아요?
　아직 춥지도 않은데 그녀는 두꺼운 목도리를 목에 둘둘 감고 있다. 힘줄이 도드라진 가는 목이 목도리 속에 감춰져 있다.
　누군지 알고 싶지 않나요?
　그녀는 눈웃음을 친다. 웃으면 반달로 변하는 그녀를 보면 나는 마음이 야릇해진다. 누군가 그리워지는 느낌이 들기 때문이다. 어렸을 때도 그녀의 웃음에는 물기가 있었다.
　말해 봐요.
　또 눈이 반달로 변한다. 그것은 교태가 흐르는 웃음이 아닌, 정적이 멈춘 고요한 미소이다. 그녀의 마른 손이 파르르 떨리면서 검지를 든다.
　바로 당신이잖아.

그렇게 말하면서도 그녀는 웃는다. 그녀는 늘 웃었다. 웃는데 이상하게 슬픈 느낌이었다. 밝은 모차르트의 음악 속의 그늘처럼, 고독해 보인다.

누구나 그늘은 있어. 그늘 속에 무엇을 감추었냐가 다를 뿐이야.

나는 변명한다. 나도 감출 게 있어서 그랬을 뿐이야. 쿨 한척 하려면 소문이 필요했다고 말하려 했다. 그런데 그녀가 웃고 있으니 그럴 수가 없다. 회식자리에서 나는 어설프게 농담에 진심을 섞어 말해버리고 말았다.

어릿광대도 줄타기를 잘해야 살아남잖아요.

썰렁한 농담에 순간 모두 나를 흘낏 보았다. 그러나 곧 시선은 거두어졌다. 기자가 살아남기 위해서는 짐승의 직감이 필요하다. 어떤 말에 올라타야 하는지 재빨리 간파해야 한다. 후배가 앞질러 진급한 일이 이번이 처음이 아니었다. 그러니 나 또한 내 말을 덮어둘 다른 화제가 필요했다. 모두가 귀를 쫑긋할 무엇. 이럴 때는 검색어 1위의 소문이 제격이다. 유명한 배우에 대한 뒷소문은 언제나 날개 돋친 듯 팔린다.

당신의 입에 오른 순간 나는 도마 위의 생선이 되었죠.

등줄기가 서늘했다. 내 실수를 무마하기 위해 회치고 난도질할 무엇이 필요했을 뿐이다. 내 의도대로 좌중은 떠들기 시작했다. 저마다 알고 있는 이야기를 떠들었고, 떠돌던 이야기는 거품처럼 부풀었다. 회치고 남은 생선은 매운탕으로 끓여져 술자리를 적셨다.

끝까지 안줏거리로 봉사한 생선은 어떻게 되었죠?

그걸 안주 삼은 사람은 나만이 아냐! 인터넷에 이미 도배됐었다구!

자신이 없어지면 나는 소리를 지르는 버릇이 있다.

대중 앞에 선다는 일은 그런 거 아냐? 어차피 내가 아니라도 연예인이라면 남들의 입에 회자되게 되어 있어. 술자리에서 회로 올라 토막 나는 건 일도 아니잖아.

술자리에서는 사장도 과장도, 그리고 대통령도 안줏거리가 된다. 누구도 대통령이라는 직함을 붙이지 않고 이름을 부른다. 택시 운전사는 침을 튀기며 대통령을 욕하고, 누군가는 대통령을 X새끼라고 부른다. 꼬여버린 자신의 일 때문에, 돈이 더 필요하기 때문에, 욕망하는 것을 누르기 위해서 꼴 보기 싫은 사람을 만든다. 그리고 씹는다. 아작아작. 자신들의 변명을 위해서, 이기심을 감추기 위해서. 그리고 서로 확인하는 눈빛을 교환한다. 이런 이야기를 나눈다는 건 우리가 같은 편이라는 걸 뜻해. 너와 나는 동지야. 동지여 나누자. 술잔을 들어라.

알아? 사람들은 씹을 거리가 필요해. 살기 위해서는 뭔가를 씹어줘야 하거든.

그녀는 또 웃는다. 아무 말이 없다. 어쩌면 먼 산을 바라본

것 같기도 하다.

누군가가 술김에 하던 이야기를 자신의 블로그에 올렸을 것이다. 마침 그런 것을 찾던 사람들에게 걸려든 이야기는 아작아작 씹혔다. 다음날이 되자 설거지를 미뤄두고 모인 아줌마들 사이에서, 시장 상인들 사이에서 이야기는 뭉게뭉게 커져갔다. 증권가에서 루머를 돌려보는 찌라시에도 이야기가 적혔다. 하루가 더 지나자 그것은 초딩들도 아는 진실이 되어버렸다.

당신 탓이야. 당신이 조금 더 강했더라면, 이런 일은 없었어. 당신이 포기한 거야.

맞아요. 소문일 뿐, 그저 지나가는 바람이었겠죠.

그래. 내 탓이오, 하고 생각해. 그편이 더 나아. 네가 대중을 감당할 깜냥이 되지 않았기 때문이야.

그녀는 또 웃는다. 반달눈을 만든 채.

알아요. 내 삶은 내 것이 아니라는 걸. 내게서 환상을 기다리는 사람들 몫이었어.

차라리 나는 그녀가 삶이 무거웠다고 말하기를 바랐다. 어린 시절의 상처가 너무 깊어서였다고 말하길, 무엇보다 웃지 말았으면 좋겠다. 반달눈으로 웃어버리면 나는 하고 싶은 말을 하지 못한다. 당신 같은 사람만 그런 게 아니라고 말하고 싶은데, 그럴 수가 없다. 살아온 길이만큼 내 삶은 나에게서 빠져나간다. 그리고 타인의 삶이 얹힌다. 피와 살을 나눠준 부모의 자식이라는 삶, 내 피를 받은 자식의 아버지로서의 삶, 삐딱한 사춘기를 토닥여 주던 선생님의 제자라는 삶. 직장과 성당 그리고 친구들. 곳곳에서 나는 내 삶을 내려놓고 타인의 삶을 내 등에 올려놓는다. 나는 입 속으로 중얼거린다.

  그러니까 내 삶도 온전히 내 것은 아니라고요.

  그녀가 고개를 끄덕인다. 영정 속의 그녀는 여전히 웃고 있다. 내 등에 얹힌 타인들의 삶 때문에, 나 또한 간신히 살고 있음을 이미 알고 있다는 듯. 나도 슬며시 웃어 준다. 웃음처럼 보이도록, 제법 씩씩하게.

망각의 돌

 목요일이었기에 매튜 박사는 평소처럼 소피아의 집으로 갔다. 열쇠를 열고 막 집으로 들어서던 매튜는, 자신의 애인이 검은 물뱀 껍질 같은 가운을 벗어던지면서 다른 남자의 품에 안기는 순간을 목격했다. 그러나 정작 놀라 소리를 지른 사람은 소피아였다. 매튜의 눈앞에서 다른 남자 품에 안긴 채 소피아는 그를 가택침입죄로 고소하겠다며 펄펄 뛰는 것이었다. 게다가 그녀의 종지 같은 가슴을 어루만지던 녀석은 그녀가 가장 두려워하던 바로 그 수의사였다. 그녀가 PTSD(외상후스트레스장애)라는 장애를 갖게 만든 주범이며, 악랄하게 그녀의 꽃을 파괴시켰던 놈이었다.

 매튜는 머릿속이 엉킨 칡넝쿨처럼 혼란스러웠다. 알몸으로 소리를 지르는 소피아에게는 다가갈 수도 없었다. 수의사의 근육질 몸매로 보아 육박전으로 소피아를 빼앗기는 힘들 것이라 판단한 매튜는 경찰에게 모든 사건을 일임했다.

조사실에서 마주앉은 소피아는 매튜를 처음 보는 사람이며 수의사가 바로 애인이라고 말했다.

"그놈에게 납치당해서 겪었던 일을 모두 잊은 거야?"

그녀를 묶은 채로 알 수 없는 것들을 그녀의 꽃에 넣어서 자궁 내막이며 아기집까지 모두 못쓰게 만들었던 바로 그놈을 어떻게 잊을 수 있단 말인가!

"그럼 그 기억을 모두 잊은 거야?"

소피아는 무슨 어이없는 소리냐며 눈을 치떴다. 농담도 아니고 거짓말도 아닌, 송곳처럼 날카롭게 쏘아보는 눈길이었다. 그렇다면 망각의 알약이 성공한 것이 분명했다. 매튜는 슬그머니 웃음을 지었다. 협심증이나 부정맥 등의 치료에 쓰이는 프로프라놀룰이 PTSD를 치료할 수 있다는 사실을 학회에 발표했을 때만 해도 모두가 부정적이었다. 고통스러운 기억이 정신적 장애를 가져오지 않도록 막아주고, 기억이 되살아날 때마다 복용하면 기억으로 인한 고통을 완화해 주는 약이었다.

매스컴에 알약의 개발이 알려지자 많은 사람들의 반대에 부딪혔다. 기억을 고착하고 확장해야 하는 글쟁이로부터 기억을 편집하여 영화를 만드는 영화쟁이들은 전업을 해야 할 것이라고도 했다. 그렇지만 그들은 PTSD 환자들이 얼마나 고통을 겪고 있는지 몰라서 하는 소리다. 악몽과 대인기피증, 우울증과 자살충동. 매일 매일 그런 고통 속에서 산다면 살고 싶지 않게 된다.

소피아도 대인기피증으로 외출은 물론이고 집안의 커튼조차도 열지도 못했었다. 매튜는 상담 치료를 받던 소피아의 동의를 받아 알약을 시험할 기회와 그녀의 침대에 누울 기회를 함께 갖게 되었다. 지난주에도 좋은 진전을 보인 소피아의 오늘 반응은 의외였다.

"도대체 알약을 얼마나 먹은 거야?"

그녀의 약병은 한 달분 알약이 거의 다 비워져 있었다. 약을 계속 먹고 싶을 만큼 고통은 계속됐었다는 뜻이며, 어찌 됐든 고통의 기억을 잊었으니 약은 대성공이었다. 모든 고통의 기억들을 끊었으나 문제는 매튜와의 기억도 함께 날아갔다는 점이었다. 매튜는 쓴 침을 삼켰다. 신약의 성공과 소피아를 동시에 가질 수는 없는 운명임을 그는 알았다. 신이 모든 것을 한꺼번에 줄 것이라 기대하지는 않았지만 매튜는 솜사탕 같은 그녀의 미소가 자꾸 떠올랐다.

매튜는 편안해진 의식 속에서 제대로 된 예술 작품이 나오겠냐며 따지던 무명 소설가의 말이 생각났다.

"지금의 칭찬이 먼 훗날의 손가락질이 될 수도 있고, 지금 행복했다 하더라도 먼 훗날 또 다른 고통일 수도 있는 게 인간의 기억이 아닌가요?"

소설가의 말처럼 매튜는 지난 일 년 동안의 소피아와의 추억이 고통스럽기만 했다. 떠다니는 고통의 기억을 가라앉혀준다고 해서 소피아는 알약을 '망각의 돌'이라고 불렀었다. 소피아의 집 건너편에서 매튜는 커튼을 열고 있는 그녀의 모습을 훔쳐보고 있었다. 다시 한번 그녀와 뺨을 비빌 수 있다면, 우연히 팔꿈치를 스칠 수만 있다면 족할 것 같았다. 망각의 알약에 대한 라이선스를 포기해야 한다고 해도 그럴 수 있을 것 같았다. 그녀와의 촉촉했던 추억들이 날카롭게 손톱을 세우고 지금 그의 가슴을 그어대고 있었다.

매튜는 망각의 돌을 만지작거리다가 떨리는 손으로 입속에 넣었다.

바퀴벌레가 싫어

당신처럼 나도 바퀴벌레를 싫어해. 왜냐고 묻지는 말아. 그냥 바퀴벌레니까 싫은 거야. 그래도 굳이 이유를 들라면 끈질긴 놈들의 생명력 때문이라고나 할까. 놈들은 지질시대인 고생대 석탄기 때부터 3억 5천만 년이나 이 지구 위에서 살아남았으니까. 그 장구한 세월을 교미하고 알을 낳고 먹이를 먹어치우며 똥을 싸면서 끈덕지게 살았다고 생각해 봐. 그것만 상상해도 나는 소름이 돋아. 놈들의 유전자 속에는 지구의 갖가지 환경에서 살아남은 특별한 삶의 비법이 있는 거야. 암컷 한 마리가 일 년에 십만 마리까지 번식하는 그 놀라운 번식력 또한 나를 두렵게 해. 동료의 사체나 배설물은 물론이고, 사람의 침이나 똥, 각질도 먹어. 못 먹는 것이 없는 잡식성이라는 사실도 묘하게 역겹거든.

놈을 잡을 때면 나는 통쾌함을 느껴. 사실을 고백하자면 바퀴가 나타났을 때부터 때려잡을 때까지 난 두려움을 느껴. 진화한 유전자를 지닌 저것이 내게 돌연 어떤 치명적인 습격을 가하지 않을까 하는 생각에 손이 떨리거든. 내 살의(殺意)를 넘어서는 놈의 놀라운 생존력이 내 목을 친친 감아대는 악몽에 시달릴 때도 있어. 그래도 계속 놈들을 처치하고 싶은 이유는 놈을 아웃시켰을 때의 그 기분을 잊지 못하기 때문이야. 교활한 놈의 처형자 역할은 제왕의 권위와 비길 바가 아니거든. 왜 이상한 눈으로 보는 거야? 바퀴벌레를 잡는 일이 뭐가 나빠!

  놈들을 처치하는 방법에는 내 나름대로의 철학이 있어. 우선 부자 바퀴를 골라내는 일이야. 곳간에 재물을 풍성하게 쌓아 놓은 바퀴들은 행동거지가 달라. 걸음걸이부터 여유가 있어. 뽀르르 달려가는 다른 바퀴와는 달리 거드름을 피우면서 유유히 걸어가지. 놈들은 사람들의 시선을 피하려고 하지 않아. 잘 먹어서 날개는 윤이 나고 길고 매끈한 몸매를 가진 대부분의 먹바퀴들이 그에 해당하지. 부자 바퀴는 쉽사리 길에서 만나서 해치우기는 힘들어. 그들의 근거지에 잠입하여 목을 따버리는 거야. 목을 잘라냈는데도 빠르게 도망가는 놈들을 보면 묘한 기분이 들어. 놈들의 기름진 곳간에서 가져온 것들은 내 일용할 양식으로 사용하기도 해.

  무엇보다도 내가 즐겨 사냥하는 놈들은 진정으로 바퀴다운 바퀴들이야. 으슥하고 습하며 어두운 곳으로 스며드는 놈들. 야행성인 놈들은 납작한 곳에 눌려 있기를 좋아해. 놈들이 옮기는 병원균은 셀 수가 없어. 노래방에서 만난 내게 치명적인 에이즈를 옮긴 년을 찾아내서 배에 칼을 꽂았을 때의 기분이란! 멀건 액체와 함께 스멀스멀 새어 나온 알이 보이자 나는 하늘로 솟아오를 것 같았어. 그때부터 나는 바퀴벌레 암놈들을 찾아내서 죽이기 시작했어. 그런데 정말 주의할 점은 놈들을 해치우고 나서 발을 모두 잘라서 처리해야 해. 태워버려도 좋고 물고기 밥으로 강이나 바다에 뿌려줘도 좋아. 단지 놈들의 시체를 묻어버릴 때 함께 묻지만 않으면 돼. 나중에 놈들의 종족들에게 발각될 염려가 있으니까.

가끔 나는 녀석들의 몸통을 조각내서 라이터 불에 구워서 먹기도 하는데, 말린 새우 맛과 비슷해. 맥주 안주에 제격이라고.

몇 마리나 죽였냐고 묻지 않는 게 좋아. 당신도 바퀴벌레를 죽이면서 숫자를 세지는 않잖아. 묻은 곳도 다 기억나지 않아. 머리 좋다면서 왜 그걸 다 기억 못하느냐고? 죽이고 나면 처음에는 기분이 찢어질 것 같아도 점점 기분이 떨떠름하잖아. 떨떠름한 일을 계속 기억하는 일이 좋을 게 없지. 사실은 그런 기분을 잊어버리려고 계속 죽이게 되는지도 모르지만. 그래도 그것들은 그저 바퀴벌레일 뿐이야. 해충일 뿐이라고.

- 7월 23일 조간신문의 타이틀 기사: 희대의 살인마 유XX 검거. 그는 이유도 없이 26명을 살해했으며 잡히지 않았다면 100마리는 더 죽였을 것이라고 아쉬워했다. 또한 그는 부자들과 몸을 함부로 굴리는 여성들도 바퀴벌레 같은 삶을 정리하고 각성해야 한다고 큰소리를 쳤다.

채송화

　창가에 봄이 기웃거리나 싶더니 산수유 꽃이 피었다. 유리창 청소를 하기에 딱 좋은 볕 때문에 나는 대청소를 시작했다. 책장 뒤에서 먼지를 뒤집어쓴 낡은 앨범 하나가 나왔다. 먼지를 닦자 앨범의 붉은 커버가 드러났다. 앨범은 몇 장이 찢겨졌고 남은 사진들은 누렇게 바랜 비닐 뒤에 창백하게 꽂혀 있었다. 찢어진 곳을 붙이다가 나는 사진 뒤에 숨겨진 한 장의 사진을 발견했다. 잊고 싶은 기억이 담긴 사진이나 이상하게 나왔지만 버리기에는 아까운 사진을 나는 사진 뒤에 숨겨두곤 했었다. 사진 뒤에 감춘 기억은 어둠 속으로 스며든 추억, 혹은 그립지 않은 그리움이다.

　고등학교 수학여행 사진이었다. 햇볕을 마주보고 인상을 찌푸린 내 곁에서, 해사한 웃음을 짓고 있는 소녀가 있다. 삐쭉 키만 컸던 내 곁에 찰싹 달라붙은 그 애는 너무 작아서 터울이 많이 지는 동생처럼 보인다. 불현듯 그날 잡았던 손의 감촉이 기억난다. 말랑말랑하면서도 한없이 부드럽고 따사롭던 느낌. 차가운 내 손이 어쩐지 위로받는 기분이 들던 그 순간. 둘이 달라붙어 사진을 찍자니 자연히 잡은 손은 뒤로 가게 되었는데, 키가 컸던 나는 그 아이의 손을 잡으려고 어깨를 비스듬히 기울여 키를 낮췄었다. 그런데…, 그 애의 이름이 기억나지 않는다.

비껴든 햇살이 오래된 앨범의 귀퉁이에서 먼지를 뽑아 올린다. 먼지는 올라가면서 허공에 불규칙한 크로키를 그린다. 잠깐 동안 허공 위에 그려진 그림에서 어떤 여자의 실루엣이 슬쩍 지나간다. 고개를 옆으로 돌린 채 왼팔로 눈을 가린 모습이다. 아이처럼, 혹은 작은 체구의 소녀처럼 보이는 여자. 소녀는 곧 사라졌다. 소녀는 사라졌고 내 시선은 여전히 허공에 붙들려 있다. 기억은 꼬리를 물고 기억을 꺼내온다. 느닷없이 대면한 기억은 차가운 오렌지주스처럼 시고 자극적이다.

담임의 지리 시간, 우리는 그 시간 내내 손을 들고 눈을 감고 있었다. 팔이 저리고 등 가운데가 패일 듯 아팠다.

"검지 하나만 펴면 된다. 지금 이 자리에서 자백하지 않으면 모두 집에 못 가!"

내 짝과 몇몇 애들이 훌쩍거렸고 나는 오줌보가 터질 것 같았다.

"검지를 펴는 순간 나는 그 학생을 용서한다. 나중에 조용히 훔친 돈만 교탁 아래에 갖다 놓으면 되는 거야. 더 이상의 질문도 추궁도 없어. 겨우 손가락 하나만 펴기만 하면 되는 거야. 다들 눈을 감고 있으니 아무도 볼 수 없어. 안전해."

선생님의 어조가 누그러졌고, 잠시의 시간이 지났다. 식은땀이 흘렀다. 나는 화장실을 가기 위해서라면 검지가 아니라 주먹이라도 내줄 것 같은 심정이 되었다.

"모두 손 내려. 돈을 찾았으니 아무도 이 일에 대해서 말하지 않는다. 알았지?"

나는 화장실로 달려갔다. 교실로 다시 들어왔을 때 내 짝이 책상에 엎드려 울고 있었다. 아이들이 모두 내 짝을 쳐다보고 있었다. 맨 뒤에 앉았던 한 아이가 누가 검지를 폈는지 다 보았다고 했고, 누군가는 '도둑년'이라고 소리를 질렀다. 내 짝은 자기가 아니라며 울부짖었다.

"쟤가 매점에서 빵을 사줄 때부터 난 알았다니까. 가난뱅이가 돈이 어디 있겠어?"

몇몇 아이들이 고개를 끄덕거렸고, 반장 미순이가 일어섰다.

"야! 저년을 가만둘 거야?"

아이들이 우르르 몰려와서 내 짝을 끌어당겼다. 끌려가지 않으려고 그녀는 나를 붙들었다.

"그럼 매점에서 빵을 사먹은 정숙이 하고 미애 하고 초영이도 조사해 봐!"

나는 왜 매점에서 보지도 않았던 아이들의 이름을 소리 높여 외쳤을까? 아마도 내 짝이 모두에게 몰리는 상황이 두려워서였을 것이다. 내가 소리를 지르는 바람에 모두 주춤했고, 마침 담임선생님이 다시 들어오셨다. 그 사건이 어떻게 마무리가 되었는지 기억나지 않는다. 내 짝이 돈을 훔친 것은 거의 틀림없어 보였다. 그녀는 졸업할 때까지 누구와도 친하지 않았고 계속 풀죽어 지냈으며, 나마저도 학교에 낼 돈을 가져간 날은 심하게 단속했으니까.

세계사 시간에 정숙이가 이상한 소리를 지르면서 쓰러졌다. 아이들 너머로 쳐다본 정숙이는 입에 거품을 물고 몸을 뒤틀고 있었다. 얼굴은 달처럼 푸르고 하얗다. 긴장성 간질이라는 이야기를 들었고, 그 후로 치료를 위해 입원했다는 말을 들은 기억이 난다. 왜 그녀가 입원한 병실을 한 번도 찾아가지 않았는지 모르겠다. 입원 중에 자살했다는 소식을 들었고, 나는 그녀를 추모하는 시를 쓰기도 했다. 그때 썼던 추모시도 뭣도 아닌 그 글이 이제야 무척 부끄러워진다. 그날 나는 왜 정숙이의 이름을 불렀을까? 아마도 내 짝이 받고 있던 수모와 고통에 함께 공포감을 느꼈고, 당장 눈에 보이는 아이들의 이름을 둘러댔을 것이다. 어떻게든 그 순간을 모면하고, 내 짝을 구하고 싶었다. 무슨 이유로든 반 아이들에게 조리돌림을 당하는 일은 옳지 않다고 믿었다.

그래…. 사진 속 친구의 이름은 정숙이었다. 나도 모르는 새에 나는 정숙에게 빚을 지고 있었다는 것을 알았다. 믿음을 저버리는 일을 가장 나쁜 일이라고 믿었던 내가 그녀와의 우정을 짓밟아버렸다. 나는 갈등 없이 그런 일을 했을까? 사진 뒤에 그 애의 사진을 슬그머니 끼워 넣은 행동을 보면 전혀 갈등하지 않은 것은 아니었다. 다만 짓밟힌 우정 같은 건 없다고 믿고 싶었는지도 모른다. 가끔 사람은 자신이 알지도 못하고 잘못을 저지른다. 그동안 살아오면서 나는 사람 하나를 얻기가 얼마나 어려운지, 누군가에게 어떤 사람이 되어 곁에 있기가 얼마나 힘든지 알게 되었다. 지금까지 내 곁에 정숙이가 있었다면 나는 그녀에게 신실한 친구가 되었을까? 아직도 그녀의 손을 잡고 있었을까?

라디오에서 나이트 노이즈의 〈트랄리의 장미〉가 흘러나왔다. 아일랜드의 혼이 담긴 노래. 눈빛에 아일랜드의 정신을 담은 여인을 그렸다는 〈트랄리의 장미〉를 들으면서 나는 정숙이의 눈과 마주앉았다. 그녀의 눈빛은 많은 이야기를 담고 있었다.

정숙이는 키가 너무 작아서 채송화라고 불렸었다. 그 애와 만들었던 〈교환 시집〉은 아직 어딘가에 남아있을 것이다. 그 애는 사람을 끌어당기는 눈빛을 가진 아이였다. 수줍음이 많아서 다른 사람의 눈을 똑바로 바라보지 못하던 나도 그 애와는 눈을 맞추며 이야기하곤 했다. 정숙이는 가끔 그런 말을 했다.

"네가 내 친구라서 정말 좋아."

나는 정숙이와 찍은 수학여행의 사진을 액자에 옮겨 놓았다. 그것만으로는 어쩐지 심심해서 액자 주위에 꽃을 그려 넣었다. 채송화를 닮은 그 꽃이 정숙이의 영전에 처음으로 바치는 꽃이 되었다. 아침 이슬에 젖은 채송화의 눈. 기억은 앨범처럼 그 사람의 일부분만 보여준다. 기억의 어둠 속에서 꺼내져 액자에 꽂힌 그녀는 여전히 햇살과 마주보고 있다.

아무리 환히 웃어도 채송화의 미소에는 서러운 이슬이 고여 있다.

우물 속의 우물

 남편이 그녀를 엄마라고 불렀던 날, 유정은 이미 그를 받아들였다고 믿었다. 정열은 고갈되는 것이 아니라 다른 차원으로 전이된다. 그러니 모성의 자리로 돌아가자고 자신을 설득했다. 오늘 그녀는 뚜껑이 씌워진 낯선 우물 하나를 보았다.

 유정은 자고 일어난 그의 얼굴이 한쪽으로 쓸어 담은 듯 일그러진 모습을 보았다. 올 것이 오고야 말았다고 생각했다. 평소 그의 성마른 성깔이 뇌에 문제를 일으킨 것 같았다. 걱정에 앞서 그녀는 오히려 한 발짝 물러섰다.

 이제 그는 스스로 파놓은 우물 속에 사로잡힌 몸이 되었다. 함부로 나다닐 수도 없고 거울 속의 얼굴을 마주하면서 고통을 느끼리라. 그녀는 일그러진 그의 우물곁에서 뚜껑을 간수하는 친절한 표정의 우물지기의 노릇을 하게 되겠지.

설마, 그렇게까지 그녀를 몰아세우고 단정 지을 수는 없다. 만 가지 생각의 뱀들이 뒤엉켜 있었기 때문에. 그중에 가장 흉악한 놈을 들여다보면 그런 망측한 독을 품은 실뱀도 있으리라 짐작할 따름이다.

우물에서 빠져나와 그의 목에 똬리를 튼 뱀은 지난주 산소에 옮겨 심은 측백나무 탓이라고 단언했다. 길거리 어중간한 자리에 있던 나무라서 옮겨 심었는데, 실은 다른 사람의 산소에 있는 나무였고 남의 조상을 건드린 대가라며 키득거렸다. 그의 벗겨진 머리 위에서 침울한 소리로 끼룩대고 있는 두꺼비는 그가 육두문자를 쓰며 정치인을 욕하며 흥분한 탓이라고 했다. 그녀는 뱀이며 두꺼비의 말을 못 들은 척 무시했다.

뇌 단층 촬영을 하고 의사를 기다리는 동안에 그는 오히려 씩씩해 보였다. 평소처럼 조그만 일로도 간호원들에게 따지며 꼬투리를 잡으며 억지를 부렸다. 예전에 유정은 그런 태도가 부끄러워서 몸 둘 바를 몰라 했다. 그러나 오늘 유정은 그럴 수가 없었다. 이미 뱀과 두꺼비가 첨벙대는 자신의 불안한 흙탕물을 들여다보았기 때문이었다. 입을 다물고 있어도 독뱀을 키울 수도 있는 것이다.

"뇌에는 이상이 없습니다. 약을 드시고 경과를 보시면 되겠습니다."

의사가 MRI 사진을 들고 와서 말했다.

그때 유정은 보고 말았다. 그의 일그러진 얼굴이 웃는 모습을.

"헤헤헤…. 선생님, 고맙습니다. 아직 더 살아야 하는데 말입죠!"

벌써 죽을 수는 없잖습니까, 하고 웃는 그의 한쪽 눈은 감고 한쪽 눈은 떠 있었다. 입은 완전히 오른쪽으로 돌아가 일그러진 상태로 의사의 손을 잡고 흔들기까지 하는 것이었다. 그의 한쪽만 웃고 있는 눈 속에는 공포를 걷어내려는 자의 떨리는 우물이 있었다. 그가 결코 보여 주고 싶지 않았던 우물이었다.

그때였다. 그녀의 가면이 벗겨진 것은. 그리고 그녀는 보았다. 묵주를 들고 기도 속으로 멀찌감치 도망가 있던 자신을. 뱀과 개구리가 그의 흙탕물 속에서 첨벙대는 꼴을 한 발자국 떨어져서 팔짱을 끼고 바라보는 그녀 자신을. 이미 얼굴에서 굳어버린 자신도 몰랐던 가면의 뚜껑을.

그녀는 묵주를 던져버리고 그에게 바짝 다가앉았다. 그녀는 그의 우물 속에서 흙탕물을 일으키며 힘자랑을 하는 뱀과 두꺼비들을 뜰채로 건져냈다. 그리고 자신의 우물 속도 치워냈다.

남편이 그녀에게 '엄마'라고 불렀을 때 받아들였어야 했다. 그녀의 잘못은 바로 그것이었다.

라그랑주 포인트 3

 웨딩마치가 울리고 남자와 여자가 동시에 입장한다. 양성 동등을 실현하자는 여자의 의견에 따른 것이다. 여자의 이모는 입장하는 신부를 보며 콧마루가 시큰하다. 지금부터 그들이 겪어야 할 갈등의 산들에게 바치는 눈물 한 방울이 흐른다.
 결혼과 동시에 남자는 그동안의 외식을 멈추고 싶어 하고 여자는 외식을 시작하려 한다. 그리스 조각을 닮은 남자의 콧등에 반한 여자는 잘 때 그의 코가 증기기관차 소리를 낸다는 것을 모른다. 남자는 여자의 목과 등, 허리로 이어지는 에스(S)자 곡선을 어루만지는 것을 좋아한다. 아이와 살림에 번거로운 동안 서서히 여자의 S자는 점점 완만해지고, 남자가 더 이상 자신의 곡선을 쓰다듬지 않는다는 상실감으로 여자는 우울증에 빠져버릴지도 모른다. 수 없이 인용하던 괴테의 시는 장식용이었으며

TV 리모컨만 쥐고 있다고 다투는 일은 실제적인 어려움보다는 낭만적인 갈등이다. 통장의 잔고와 신용카드를 던지며 겪는 다툼은 그들의 별자리를 위협할 수도 있다.

페가수스의 사각형을 만들자는 남자의 낭만적인 프러포즈로 그들은 결혼했다. 하지만 별자리란 가시선(可視線) 효과에 의해 붙여진 이름일 뿐이라는 사실은 그들은 몰랐을까? 한 별자리 안에 서로 인접해 있는 것처럼 보이는 별들끼리도 실제로는 어떤 연결도 없다. 그들 서로간의 거리는 수천, 수만 광년이나 떨어져 있는 경우도 있다. 그리고 지극히 느린 속도이긴 해도 역시 움직이고 있다. 우리가 보고 있는 별자리의 구도는 수천 년이 흐르면 대부분 바뀐다. 그나마 다행스러운 점은 인간의 생명이 유한하다는 사실이다.

넌 나의 영원한 북극성이야.

언젠가 남자는 그렇게 말하기도 했다. 그러나 북극성이 하나가 아니라는 사실은 남자도 알고 있었다. 자전축을 중심으로 지구는 서서히 선회하는데, 2만 5천 800년에 걸쳐 한 바퀴 회전한다. 북극성이란 지구의 자전축이 가리키며 움직이는 원추형 하늘 길에 존재하는 몇몇 별들 중 하나일 뿐이다. 그러니 현재의 북극성이 영원한 북극성일 수는 없다.

별자리를 연결하는 별 하나가 어느 한순간 자기 자리에서 튕겨져 나가는 일은 없다. 별 하나가 완전히 소멸하지 않는 한 그

별은 자신의 별자리를 벗어나지 못한다. 하긴 원래 별자리란 존재하지 않으며, 가시선이라는 착각이 만든 것이 별자리의 구도이니 실제로 별자리란 없다. 그래서 별들은 모두 홀로 외롭게 반짝이는 것이다. 그 물빛 외로움을 잊기 위해 별들은 모여 살며 서로 사랑하고 싶어 한다.

  두 사람이 거주지로 정한 곳은 행복아파트 갈등동 1004호다. 천사의 도움이 아니라면 두 사람의 갈등을 해결할 수 없다는 것을 아는 것일까? 가시선일지언정 그들의 별자리의 갈등과 인내에게 하객들은 박수를 친다. 그 박수를 보고 사람들은 행복을 빌며 치는 박수라고 한다. 이제 갓 짝이 된 그들의 사랑은 한 쌍의 바퀴벌레의 그것보다 지속될 수 있을까? 궁금증을 던져버리려고 신부는 부케를 친구에게 던진다.

라그랑주 포인트 4

 면도하면서 그는 자신의 탱탱한 뺨을 쓰다듬어 본다. 그리고 사랑 가득한 눈으로 거울 속의 자신을 바라본다. 거울 속의 남자도 사랑 가득한 눈으로 그를 바라본다. 멋진 남자가 스스로에게 도취된다는 건 자연스러운 일이다. 이처럼 멋진 남자를 포기한 자신의 전처를 그는 이해할 수가 없다.
 미사 중에 그는 신께서 주신 아름다운 목소리로 노래한다. 타고난 베이스의 음량은 그의 커다란 덩치로부터 나온다. 그의 커다란, 아주 커다란 목소리는 성당 구석구석까지 울려 퍼진다. 노래를 부를 때면 그는 신의 커다란 은총을 받아 자신의 가슴이 풍선처럼 부풀어 오르는 것을 느낀다. 그는 자신의 옆자리에서 미사를 보던 어떤 자매가 그의 아름다운 목소리에 도취되어, 얼굴을 감싸면서 다른 곳으로 가버리는 모습을 본다. 눈물을 흘리는 모습을 보이지 않으려는 태도이다. 그녀에게는 넘치는 은총이 버거움에 틀림없다. 미사가 끝나면 함께 미사를 본 할머니들과 다른 신자들의, 자신에게로 쏠리는 선망의 눈길을 즐기며 그는 성당 구석구석을 돌아다닌다.

그는 자주 기도한다. 신께서 자신에게 갚아주실 목록을 꼼꼼하게 짚어가며 기도한다. 오늘 기도의 이유는 사랑을 얻기 위해서이다. 나이 차이가 열세 살이나 나지만 그의 사랑은 나이와 시공을 초월하는 것임을 신께서 알아주시기를 원한다. 그녀가 나이 많은 사기꾼임에 분명한 다른 남자와 결혼하려는 것을 신께서는 틀림없이 막아주셔야 한다고 그는 기도한다.

남자에 대한 다른 사람들의 증언은 이렇다.

그가 신께 아름다운 목소리를 받았다는 사실은 인정하지만 그의 노래 부르는 방식에는 문제가 있었다. 노래의 고저나 강약에는 관심 없이 너무나 커다랗게 노래하는 통에 제대 위의 촛불이 꺼진 적이 한두 번이 아니었고, 오르간 반주자는 신경이 곤두서서 자꾸 건반을 틀리게 눌렀다. 그의 주위에 앉아 있던 사람들은 하나둘씩 다른 곳으로 자리를 옮겼고 고즈넉한 분위기에서 기도하기를 원했던 신자들은 그를 미워하기 시작했다. 지난 일 년 사이에 그는 너무 뚱뚱해져서 가뜩이나 낮은 코는 볼의 살에 파묻혔다. 그는 아직도 예전에 입던 옷이 맞는다고 착각하는지 단추가 잘 잠기지도 않는 옷을 입고 턱을 치켜든 채 성당 안을 어슬렁거린다는 것이다.

그가 사랑에 빠졌는지 알 수는 없지만 그가 요즘 쫓아다니는 여자는 돈 없는 총각들이 가장 선호한다는 돈 많은 과부라는 사실이다. 그녀가 사랑한 남자는 쓸쓸한 시를 쓰는, 시보다 더 쓸쓸한 표정을 짓고 다니는 시인이라는데, 그의 방해로 결혼을 미루고 있다는 후문이다. 그녀는 자신의 넘치는 모성애로 측은해 보이는 한 이혼남을 몇 번 위로해 준 일밖에 없는데, 그가 갑작스레 구애를 하며 따라다니는 통에 잠시 혼란스러웠다는 후문이다.

어떤 사람은 스스로에게서 자신이 보고 싶은 면만 본다. 그런 경우에는 오히려 다른 사람들이 그의 그림자의 길이를 정확히 알고, 행동의 의미를 속속들이 파악한다. 그 사람들 사이는 대화로 메워지기 힘든 깊은 강이 흘러서, 동일한 사람이 다른 사람이 되어 버리기도 한다. 그래서 멋진 남자는 누군가에게서 자신과 전혀 다른 남자의 이야기를 듣고, 다른 사람들에게 그의 험담을 할 수도 있다. 그는 스스로 그림자에게 삿대질을 하고 있는 줄은 꿈에도 모른다. 가끔 사람들은 자신의 바로 옆에 있는 사람과 저 별들처럼 먼 거리에 서 있는 것을 모른다. 그

두 사람이 스치며 지나가는 자리가 곧 라그랑주 포인트이다.

불꽃놀이

 숲길이었다. 진흙 밭이거나 강물 위였는지도 모르겠다. 재희는 안개 속에서 어딘지도 모르는 길을 걷고 있다. 검은 도포를 입은 사람이 그녀 앞에서 휘적휘적 걷는다. 아마도 저승사자의 역할을 맡은 사람일 것이다.
 "멀었나요?"
 "멀었지. 그곳까지 가려면 오래 걸어야 해."
 검은 도포가 돌아보며 말했다. 어둠 속에서 검은 도포의 얼굴이 희멀겋게 보였다.
 뭐야, 이건 너무 진짜 같은걸, 재희는 갑자기 두려움에 휩싸였다. 사진을 찍기 위해 사진사 앞에 앉았을 때만 해도 재희는 진주와 함께 장난을 치며 킬킬거렸다.
 "왼쪽으로 고개를 조금만 기울여보세요. 아니 앞으로 말고요.

뒤로 젖히지 마세요. 마음에 걸리는 일이라도 있나? 몸이 너무 굳었는데…. 그냥 깊은 소파에 반듯하게 앉아있다는 느낌으로, 그렇지요. 그렇게, 좋습니다. 이제 나 자신을 들여다본다는 느낌으로 조용히 멈추세요. 하나, 둘, 셋! 다시 한 번. 하나, 둘, 셋! 좋습니다."

조금 전 재희는 자신의 영정 사진을 보았다. 진주는 사진이 잘 나왔다고 좋아했지만, 재희는 영정 사진으로 만들어져 액자에 갇힌 자신의 모습을 보자 웃음이 싹 가셨다. 사진은 뭔가에 사로잡혀 있는 것처럼, 두려워하거나 슬픈 기억을 더듬는 것처럼 보였다. 사진이 묘하게 슬퍼 보여 재희는 이상한 기분이 들었다. 재희는 진주와 함께 영정 사진을 들고 강의실로 들어갔다. 강사는 언제 닥칠지도 모르는 죽음을 항상 생각하고 산다면, 잘못 살 이유가 없다는 내용의 강의를 하고 있었다.

"구질구질해."

재희가 투덜거렸다. 진주가 재미있겠다며 같이 가자고 해서 따라오긴 했지만, 아무래도 '임종체험관'은 잘못된 선택이었다. 강사는 이제 유언장을 작성하라고 했다. 유언장은 왜, 앞길이 창창한데 벌써 그런 생각까지 하란 말이야? 재희는 자못 기분 나쁘다는 표정을 지었다. 진주는 콧물까지 훌쩍거리면서 유언장을 작성하고 있었다.

〈내가 죽기 전에 마지막 말을 남길 수 있게 되어 너무 다행이에요. 내 장례식은 최대한 아름답게 해 주세요. 나 아직 결혼식도 못 해봤잖아요. 어렸을 때는 내 꿈이 하얀 드레스를 입는 신부가 되는 것이었는데…. 엄마, 아빠 속 썩여서 죄송합니다.〉

슬쩍 훔쳐본 진주의 유언장은 그녀의 별명처럼 여전히 공주마마였다. 사람들은 죽을 때까지 자신이 믿고 싶은 대로 믿으며 사는 것 같다. 유언장을 백지로 낸 사람은 재희뿐이었다. 실은 그녀도 엄마와 아빠에게 사랑한다고 쓰고 싶었다. 아니, 감사하다고 쓰고 싶었다. 그러나 재희는 백지를 바라보고 있다가 결국 아무 말도 쓰지 못했다. 나중에 진짜 유언장을 작성하게 되면 정말 멋지게 쓸 거야, 재희는 진주를 향하여 웃어보려고 했지만 볼만 조금 씰룩거렸을 뿐이었다.

검정 갓을 쓰고 검은색 도포를 입은 저승사자가 방안으로 들어오자 진주는 재희의 팔꿈치를 잡았다. 저승사자의 역할을 맡은 사람이라는 것을 알면서도 섬뜩한 기분이 들었다. 흰 국화꽃으로 장식된 방에 들어가자 오동나무 관 두 개가 나란히 누워 있었다. 향이 곡선을 그리며 타오르고 제사상도 차려져 있었다. 수의를 입고 유언장을 낭독하는 진주의 몰골은 가관이었다. 코맹맹이 소리로 흐느끼며 관속으로 들어가서 누운 진주는 안아서 달래주고 싶을 지경이었다. 재희도 관 속에 누웠다. 누워보니 내부는 몹시 비좁았다. 옴짝달싹할 수도 없었다. 진짜 죽은 사람처럼 온몸이 꽁꽁 묶이지 않았는데도 덜컥 겁이 났다. 두려움에 눈을 부릅뜨고 있는데 저승사자 역할을 맡은 사람이 다가오더니, 관 뚜껑을 덮었다. 뚜껑이 쾅 소리가 나며 내려왔다. 못질하는 소리가 들렸다. 여섯 개의 못을 치는 동안 재희는 관 속에서 여전히 눈을 부릅뜨고 있었다. 누군가가 삽으로 흙을 푸는 소리가 들리고 그녀가 누운 관 위로 흙이 뿌려지는 소리가 들렸다. 헉, 갑자기 재희는 숨을 쉴 수가 없었다.

깊은 구렁텅이에서 주여 구원 하아아소오오서어.

어디선가 죽은 자를 위한 연도를 바치는 구성진 소리가 들려왔다. 지나온 인생이 눈앞에 펼쳐졌다. 만약에 이렇게 정말로 마지막을 맞는다면 얼마나 허무한 일인가! 열심히 살았다 믿었건만, 되돌아보니 아무것도 이루지 못한 시시한 삶이었다. 외롭거나 두려우면 오히려 시니컬한 웃음으로 스스로를 감추었던 자신의 진짜 모습도 보였다. 왜 그렇게 내 안의 나로부터 도망치려 했는지, 재희는 후회하고 있었다. 사랑도 똑바로 마주보지 못했다. 이별이 두려워서 먼저 이별 통보를 하고, 상처받을까 봐 오히려 도망가곤 했다.

저 앞에서 J가 손을 내밀고 있었다. 몇 달 전에 헤어진 사이였지만, J는 언제까지라도 그렇게 손을 내밀고 있겠다는 듯 오랫동안 팔을 뻗고 있었다. 재희야, 지금밖에 기회가 없어, 간절한 눈이었다. 저 손을 잡아야 해, 그리고 말할 거야. 재희는 몸

부림을 치며 소리쳤다. 그만! 이제 그만해! 다시는 도망치지 않겠어. 날 꺼내, 문 열어!

"겁내지 않아, 사랑하니까!"

소리를 지르다가 재희는 정신이 들었다. 여전히 안개 속을 걷고 있었다.

"그런데 진주는 어디 갔죠? 다른 사람들은 모두 어디로 가고 나 혼자인 거죠?"

"아직도 제정신을 못 차렸나? 여기는 체험관이 아니야. 진짜로 저승으로 가는 길이야. 저 아래에서의 불꽃놀이가 성에 차지 않았던 모양이군."

검은 도포가 돌아보지도 않고 말했다.

"불꽃놀이는 또 뭐고, 여기가 체험관이 아니라면?"

"그러기에 운전을 잘했어야지. 집에 돌아가는 길에 전복사고가 있었어. 안전띠를 맸던 진주는 허공에 대롱대롱 매달렸는데, 당신은 목이 부러진 거야."

치밀하고 무거운 두려움이 차곡차곡 밀려왔다. 간신히 재희는 이것도 임종체험이냐고 물었다.

"츳츳. 저 아랫동네에서 밥인지 죽인지도 모르고 살았던 모양이군. 인생살이가 한바탕 불꽃놀이라지만, 어떤 불은 다 타기도 전에 꺼져버리기도 해."

"이건 좀 너무해요. 난 유언장도 못 썼는데…."

재희는 금방이라도 울음이 터질 것 같아 검은 도포를 노려보았다.
"너무하긴 뭐가? 불꽃을 잘못 터트린 사람들이 문제지."
"불꽃막대가 시원찮았기 때문일 수도 있잖아요."
"소망이 없었던 게지."
저승사자는 도포 자락을 뒤로 제치면서 무뚝뚝하게 말했다.
"소망이 있다면 불꽃이 계속 타오른다는 건가요? 그럼 나처럼 스물네 살에 불꽃이 꺼져버리는 사람은 뭔가요?"
"불꽃이 계속 타리라는 믿음이 없었던 게지."
"저승사자도 성서를 인용하네요. 그다음은 사랑이겠네요?"
재희는 짙고 끈끈하며 무거운 두려움에 짓눌린 채 말했다.
"물론이지. 사랑이 없다면 장식 없는 불꽃놀이가 되니까, 반짝거리지 않는데, 불꽃이라고 할 수 있을까? 굳이 성서가 아니라도 누구나 아는 얘기잖아."
"편한 논리예요! 어쨌든 나는 사랑이 있었어요. 손을 잡지 않았을 뿐이죠. 곧 손을 잡을 참이었어요."
재희는 아직도 손이 남아있어 다행이라는 듯 두 손을 흔들어 댔다.
"그 손은 저쪽 세상의 것이야. 거기서 손을 잡고 안 잡고는 당신 몫이었지."
재희는 이를 악물며, 난 두렵지 않다고 중얼거렸다.

"피한다고 내 앞에 놓인 인생이 달라지진 않아. 어라? 그 손이네. 어떻게 알고 여기까지 왔담?"

허공에 뿌연 손 하나가 불쑥 그녀 앞에 나타났다. 손목이며 길쭉한 손가락, 동그란 손톱. 그녀가 잘 알고 있는 J의 왼손이었다. 재희는 망설이지 않고 그 손을 잡았다.

눈을 떴을 때 재희는 병실에 누워 있었다. 곁에는 J가 손을 잡고 있었다.

"배짱도 없으면서 임종 체험관엔 왜 갔어? 얼마나 놀랐는데!"

몇 달 안 본 사이에 J는 눈에 띄게 수척해져 있었다.

"내가 정신을 잃었나?"

그제야 재희는 임종체험에서 기절하는 사람도 있다는 설명을 들은 기억이 났다.

"어떻게 여기까지 왔어? 근데 너 거기서도 손을 내밀고 있던데?"

재희는 살짝 눈을 흘겼다. J의 눈 속에 작은 불꽃이 반짝였다.

"네가 있다면 어디라도 손을 내밀 거야. 꿈속이든 지옥이든 말이야."

재희는 손을 더 꼭 잡았다. J의 눈 속에서 불꽃놀이가 시작되고 있었다.

신발이 없어졌다

"착한 식당에서 어떻게 이럴 수가 있어요?"

미자가 언성을 높였다. 들어올 때 분명히 신발장 안에 넣어둔 빨간색 구두가 없어졌다는 것이었다. 슴슴하고 무덤덤한 청국장을 파는 식당은 한 케이블 TV 방송에 소개된 후에 〈착한 식당〉이라는 간판을 달았다. 빈 테이블이 대부분이었을 때부터 나는 이 식당에서 밥을 먹곤 했다. 조용해서 수다를 떨기에는 딱 좋았는데, 이제는 종업원들이 밥상을 치우는 시끄러운 소리에 파묻혀 밥을 먹어야 했다. 미자 일행이 자리에서 엉덩이를 떼자마자 다른 손님이 테이블을 차지했다. 식당 입구에는 아직도 기다리는 손님들로 북새통이었다.

"별맛도 없는데 왜 이 아우성들이람!"

나는 신발장을 샅샅이 훑고 마루 밑까지 들여다보았지만 빨간색 구두는 찾을 수가 없었다. 신발을 찾자고 엎드리니 조금 전에 먹은 청국장이 식도를 타고 신물과 함께 올라왔다. 미자는 얼굴이 벌겋게 달아올라 주인과 실랑이를 하고 있었다.

킬힐은 미자의 트레이드마크였다. 키가 작지만 균형 잡힌 몸매에 서구적인 미인형인 미자는 항상 패션지에서 튀어나온 것 같은 옷차림으로 나타났다. 그녀는 신발에 가장 신경을 많이 썼다. 그녀의 신발장에는 백 켤레의 킬힐이 있다는 소문도 있었다. 미자는 꽤 많은 술을 마신 날에도 킬힐을 신고 또박또박 반듯한 걸음걸이로 걸었다. 얼마 전 미자는 킬힐이 부담스럽다고 고백했다.
"구두는 내 자존심인데 말이야. 무릎이 시큰거려."
갱년기가 무섭다면서도 미자는 그래도 아직까지 빨갛고 하얗고, 초록색의 킬힐을 신었다. 나는 그런 구두를 신을 자신이 없지만 친구가 신은 모습을 보는 것은 나쁘지 않았다. 확실히 킬힐을 신으면 다리도 날씬해 보이고, 스타일도 더 멋있어 보였다. 흰머리를 염색하는 나이에도 미니스커트와 킬힐을 고집하는 미자의 아슬아슬한 자존심을 보며, 나는 대리만족까지 느끼곤 했다. 그런데 오늘 일이 터진 것이었다.
"너 틀림없이 빨간 구두를 신고 온 거야?"
다른 신발을 신은 건 아니냐고 해숙이 물었다. 미자는 검정색

원피스에 어울리는 빨간 가방과 빨간 구두를 신고 왔다고 했다. 말꼬리가 흐려지는 미자를 보고,

"깔 맞춤에만 집착하지 말고, 다른 신발 중에 네 신발처럼 보이는 것은 없어?"

해숙이 답답하다는 듯이 미자의 어깨를 툭 치며 투덜거렸다.

고등학교 졸업 전에 취직했다고 자장면을 처음 사던 아버지도, 저렇게 내 어깨를 툭툭 치며 말없이 나에게 격려와 위로를 건넸다. 그날 자장면을 먹고 나오다가 나도 신발을 잃어버린 기억이 난다. 지금보다 먹고살기 힘든 사람들이 많은 때라 음식점에 신발 도둑들이 극성을 부렸었다. 그래서 좋은 신발은 비닐봉지에 담아서 음식점 안으로 가지고 들어가기도 했다. 앞 코가 닳아 구멍이 뚫리고 밑창으로 흙이며 돌이 무시로 출입하던 운동화였지만 내게는 단 한 개의 신발이었다. 나는 신발을 찾느라 눈이 벌겋게 되어 찾고 또 찾았다. 동생이 내 신발을 찾아줄 때까지 나는 낡은 운동화만 찾고 있었다. 동생이 찾아 준 신발은 뜻밖에도 반질반질한 광채가 나는 새 구두였다.

졸업 전에 은행에 취직한 나에게 아버지는 옷은 물론 신발 한 켤레도 사줄 수가 없었다. 첫 출근 때 입을 옷을 마련해 주기 위해서 나의 어머니는 친척 집 결혼식 음식을 맡아 했고, 또

부엌의 허드렛일도 마다하지 않았다. 우여곡절 끝에 얻어 신은 새 구두를 신으면서 나는 정말 새 신발을 신고 세상으로 나가게 되었다는 실감이 났다. 그래도 몸에 밴 습성은 아직도 헌 운동화가 내 운동화라고 기억하고 있었다. 처음으로 가진 구두가 내 발에 익숙하지 않았듯, 직장생활 또한 만만치 않으리라는 두려움도 한몫 거들었을 것이다.

"그것 봐라. 빨간 구두만 찾더니, 자기 신발도 못 알아 봐?"
해숙이 미자에게 지청구를 주고 있었다. 미자는 멋진 옷차림을 하고 신발은 집에서 신던 운동화를 신고 나왔던 것이었다. 자신이 아직까지 킬힐을 신는 사람이라고 미자는 믿고 있었던 것은 아니었을까? 처음으로 새 구두를 신고 학교가 아닌 직장으로 출근하게 된 내가 낯설었듯이, 미자 역시 자신이 앞으로 신게 될 편한 신발이 익숙하지 않은 것이다. 신발은 그 사람의 위치와 성숙도를 말해 준다고 했던가, 새 구두가 편해질 쯤에는 나도 직장생활에 제법 익숙해졌다.
"세상이 눈부시게 변하는 것 같아도, 사람이 더 빨리 변해."
해숙이 흘러간 세월과 나이 타령을 또 시작할 모양이었다.
"집으로 빨리 들어가야겠다. 이거 영 스타일이 안 살잖아."
어색하게 옷깃을 여미며 걷던 미자는 허둥거리며 택시를 잡아탔다. 편한 운동화를 신고 있다는 사실을 몰랐을 때는 아무렇지도 않았는데, 원피스에 아무렇게나 운동화를 신고 나왔다는 것을 아는 순간, 그녀는 오히려 몹시 불편해졌던 것이다. 택시를 탄 미자가 비로소 안심이 된다는 듯이 창을 열고 손을 흔들었다.

"그러게 남들이 나를 보는 시선보다 내가 보는 시선이 더 무서운 거야."

해숙과 나는 손을 흔들다가 서로 마주보며 웃었다.

J에게

카톡! Y야, 만나서 반가웠어. 졸업한 지 벌써 이십칠 년이나 지나다니, 세월 참 빠르지? 지하철에서 널 만날 줄 누가 알았겠어. 카톡! 만나자마자 뚱뚱한 아줌마가 됐다고 눈을 흘기더니 반갑긴 했나 봐. 카톡! 세월이 많이 흘렀잖아. 카톡! J야, 넌 세월이 비껴갔는지 알아? 내가 네 머리숱을 이야기해야 하는 거니? 그래도 참 이상하지, 네 표정은 대학 때하고 똑같았어. 카톡! 얌마, 내가 아직도 널 좋아하잖아. 참 이상하게도 널 보면 눈이 풀린단 말이야. ㅋㅋ 카톡! 별소릴 다 한다. 언젠 내가 목석같다며 화를 내더니…. 카톡! 미네르바 동산에서 널 처음 봤을 때 정말 예뻤는데. 카톡! 야, 그 나이에 예쁘지 않은 사람이 없잖아? 나이의 싱그러움은 나이가 들어서야 안다는 사실이 안타깝지 뭐. 괜히 그 시절 얘기 꺼내지 마라. 엎치락뒤치락 살아온 인생이 생각나잖아. 카톡! 그게 어때서? 그런 시절 다 겪어 냈으니 지금이 있는 거 아냐. 카톡! 맞아, 다시 그걸 다 겪으라 고 하면 못할 것 같아. 그 보상으로 당장 젊어진다 해도. 카톡! 나도…. 대머리가 없어지고 가슴 근육이 다시 생긴다고 해도 그 것들을 다시 겪지는 않을래. 카톡! 맞아. 너 어깨가 참 넓고 목 소리가 근사했는데. 그냥 이야기만 해도 노래를 하는 것 같았 어. 카톡! 지금까지 내 목소리를 그렇게 평가한 사람은 너뿐이 야. 난 너랑 CC로 결혼할 줄 알았어. 카톡! 뭐어? 우린 사귀 지도 않았잖아. 카톡! 네가 일방적으로 다가오지 말라고 했으 니까 그랬지. 카톡! 넌 어쩜 K와 P와 똑같은 얘길 하니? 난 너 희 세 명 중에 누구와도 사귄 일이 없었어. 카톡! 그런데 우린 모두 네가 우리들 중 누군가와 사귄다고 생각했어. 그래서 서로 의심하고 질투하기까지 했던 것 알아? 카톡! 내가 남자애들 짓 궂은 장난을 잘 받아 주잖아. 찬바람 나게 굴지도 않고, 또 상 대를 무안하게 만드는 일은 못하니까. 카톡! 그게 네 장점이자 단점이었어. 카톡! 그럼 어떻게 하니? 장난치지 말라고 정색을 해? 눈을 흘겨? 나를 놀려 자존심 상한다고 뺨이라도 후려칠 까? 카톡! 어느 정도 선에서 장난이 아니라는 것을 안다면 선 을 그었어야 했어. 카톡! 휴, 어렵다. 선을 아무리 그어도 잘들 넘어오더니. 카톡! 다음 주 화요일에 저녁 먹으러 올래? 회사 근처에 순대국밥 잘하는 집이 있어. 카톡! 싫어. 카톡! 심하다.

그렇다고 단칼에 자르냐? 카톡! 선을 그으라며? 카톡! 술 한 잔 하고 싶은데. 카톡! 싫어. 카톡! 접수했다. 그만해라. 카톡! 그냥 난 친구가 더 좋아. 카톡! 누가 친구가 아니래? 친구는 밥 먹고 술 먹고 살아가는 이야기를 해야만 진짜 친구인 거야. 카톡! 나 내려야 해. 분당에 다 왔어. 카톡! 그래. 잘 지내라. 건강하고…. 카톡! 너도, 바이!

지하철은 아직 모란역이다. Y는 J에게 다시 문자를 찍는다. J, 내가 너를 만나지 않는 이유는 너를 친구로 남기고 싶어서야. 내 빛나는 시절의 가장 아름답고 귀한 친구, 그 시절 내가 너로 인해서 얼마나 힘들었는지 너도 모르진 않겠지. 너를 먼 그리움으로 남기겠다는 글을 썼던 게 후회가 돼. 글이 내 마음과 몸을 묶어놓은 듯, 아직도 너를 그리워하며 살게 될 줄은 몰랐어. 나는 두려워. 삼십 년이 넘은 그리움이 다시 만나면 이제는 시작과는 다른 무엇이 될 것 같아서. 그러면 나는 가장 좋은 친구를 잃게 되겠지. K도 P도 그렇게 잃었어. 나는 너희 셋이 모두 내 친구였으면 했어. 나는 우정을 원하는데, 왜 너희들은 그러지 않는지 모르겠어. J야, 내 먼 그리움, 그대로 거기서 아름다운 친구로 남아줘. 부탁해.

Y는 오래도록 문자를 들여다보다가 보내지 않고 지워버린다. Y는 지하철역에서 내린 후에 차를 둔 곳으로 가서 조용히 차를 몰고 집으로 향한다. '한 남자와 한 여자의 사랑, 이제 그 사랑

이 없다면 그것은 어디로 갔을까?' 문득 그녀는 네루다의 질문의 시를 떠올린다. 정말 어디로 갔을까? 에너지는 형태를 바꿀 뿐 사라지지 않는 법. 그렇다면 축복받은 그때의 에너지는 어떤 모습으로 변해 어디로 스며들었을까? 그것은 원래 그렇게 잘 변해버리고 저절로 소멸하는 것이었을까? 아니, 처음부터 그것이 있긴 했을까? 네루다는 쓸데없이 자꾸 그녀에게 질문하고 있다. '왜 우리는 그렇게 많은 시간을 썼을까? 헤어지기 위해서였다면'

그녀의 차는 산을 향하는 언덕을 오르기 시작했다. 집 담장 너머로 고개를 빼고 내다보는 사람이 있다. 운전석 창문을 내리고 그녀는 크게 팔을 흔들어 보인다.

낮달

- 엄마 왜 낮에도 달님이 나왔어?

자꾸 걸음이 빨라지는 엄마의 손을 가만 당기며 유순이 물었다.

- 달님은 부끄러워서 낮에는 나오지 않는다고 저번에 엄마가 말했었잖아.

유순이 걸음을 늦추며 칭얼거렸다. 사르륵 사르륵 엄마의 눈 밟는 소리가 멈췄다.

- 그, 글쎄 달님이 배가 고픈가? 손이 시리나? 왜 나왔을까?

얼굴이며 눈자위가 벌건 엄마의 얼굴이 유순을 돌아다보았다. 유순은 콧물을 소매로 쓰윽 문지르다가, 엄마에게 혼날까 봐 뒤를 돌아다보는 시늉을 했다. 흰 눈밭에 두 개의 발자국이 어지럽게 따라오고 있었다. 발이 시려 동동거리며 따라온 유순의 걸음은 그렇다 해도, 엄마의 발자국도 이쪽저쪽으로 흐트러져 있었다.

― 이밥에 고깃국 먹고 싶어 나왔을 거야. 그치?

유순은 엄마의 손을 더 꽉 잡았다. 손은 얼고 발은 시려도 얼굴은 홧홧 달아올랐다. 조금 전 양조장에서 얻어먹은 술지게미 때문이다.

― 달님도 배가 고프면 술지게미 먹을까?

― 아니, 달님은 배고프지 않을 거야. 그러니 저렇게 뽀얗지.

엄마가 다시 앞서 걸으며 유순의 팔을 당겼다.

― 저 높은 데 떠 있으니까 세상의 모든 것을 다 보거든. 세상이 다 보이니까 모든 걸 다 알아. 그래서 배고프지도 슬프지도 않대. 참 좋겠지?

― 그럼 달님은 손도 안 시리고, 또 절에도 안 가겠네?

유순은 종종걸음을 치며 엄마 곁에 바싹 붙었다. 눈 밟는 소리가 또 멈췄다.

굵은 참나무 뒤에서 엄마가 오줌 누는 소리가 들렸다. 봄에 얼음이 녹아 흐르는 시냇물 소리 같다.

― 유순이 너 그렇게 절에 가기 싫으니?

엄마의 목소리가 젖어 있어서 유순은 상처 입은 새처럼 고개를 외로 꼬았다.

양조장집 안채에서처럼 엄마는 부스럭거리며 일어나 고쟁이를 올렸다.

 유순이 방문을 열었을 때, 아저씨는 엄마 위에 올라타고 있었다. 엄마의 비명 소리가 들렸다. 아저씨가 엄마의 목을 조르고 있었다. 엄마야! 유순은 아저씨가 엄마를 죽이려고 한다고 믿었다. 방문을 잡고 벌벌 떨면서 유순은 새된 비명을 지르고 또 질러댔다. 양조장집 주인이 불그레한 얼굴로 끈끈한 웃음을 흘리더니 손등으로 침을 닦고 엄마를 놓아 주었다.

 ─ 절에 가야 이밥에 고깃국을 먹을 수 있어.

 고개만 넘으면 절이 나온다며 엄마는 유순의 손을 다잡았다.

 ─ 이밥에 고깃국?

 유순은 눈을 동그랗게 뜨며 걸음을 서둘렀다. 사르륵 사르륵 눈 밟는 소리가 빨라졌다.

 절에 도착하자 유순은 숨을 몰아쉬었다. 차가운 겨울바람이 뾰족한 창을 달고 가슴속으로 밀려들었다. 벌써 사십 년째 유순은 전국의 절을 돌아다니고 있었다. 그러나 아직도 그때의 절을 찾지 못했다. 사실 유순은 그날 밤 절에 자신을 맡기고 떠난 어머니가 누군지를 알려고 했던 것은 아니었다. 다만 그날 밤 지치고 꺾인 날개를 가진 새를 따스하게 녹여 주던 절 방의 온돌과 곡차가 간절히 그리웠을 뿐.

 ─ 벌써 칠십 년이 넘었으니 산이며 땅이 모두 바뀌었을 거야.

그러니…. 곡차 맛도 바뀌었겠지!

눈길에 신발이 자꾸 미끄러졌다. 하필이면 낮달이 멀겋게 내려다보고 있어서 유순은 오늘따라 더 그날이 생각났다. 자꾸 참나무 뒤에서 오줌을 누고서 아랫도리를 눈으로 문지르고 또 문질러대던 엄마가 생각났다. 손이 시리다 못해 살점이 떨어져 나갈 것처럼 아팠던 일도, 유순을 잡았던 엄마의 손도 차갑기 짝이 없던 기억도.

멀리서 이름 모를 산새가 푸르르 날아올랐다. 눈이 그친 지 오래지만 솔숲에선 아직도 눈이 내리고 있다. 굶주리고 상처 입은 새들이 날아오를 때마다 숲에는 눈이 내린다.

앨범을 펼치는 시간 3

 오래전부터 나는 앨범에 사진을 꽂지 않는다. 살아온 세월을 증거라도 하듯 사진은 점점 많아졌다. 넘쳐난 사진들을 종이박스에 넣어 책상 아래에 넣어두었다. 가끔 박스를 열고 사진들을 보면서, 이것이 나일까? 하고 스스로 묻는다. 기저귀를 찬 백일의 아기, 소꿉친구가 처음 생긴 아이, 한쪽 무릎을 구부린 원피스의 소녀, 휴가 나온 남자 친구와 멋쩍게 웃는 여자, 어깨를 드러낸 웨딩드레스의 여자, 갓난아기에게 젖을 물린 채 손사래를 치는 여자, 어느 스산한 겨울 바다에서 바위를 향해 머리를 부딪는 파도를 보고 있는 여자, 눈도 턱도 입도 아래를 향해 기울기를 보이는 나이가 되어버린 여자, 여자, 여자들.
 얼마 전에 지하철에서 만난 대학교 때 남자 친구가 말했다.
 야! 너, 언제 그렇게 푹 퍼진 아줌마가 됐니? 영원히 공주처럼 살 것 같더니 말야. 바지라곤 입지도 않고 늘 야들야들한 옷만 입고 다녔잖아?

그 친구의 앨범 속에 저장된 나의 기억은 내게 너무 낯설다. 이제 나는 늘 바지를 입고 지내며, 공주처럼 사는 여자의 이기심을 들여다볼 수 있다. 지나치게 예쁜 옷은 사지 않고, 새로 사지 않은 듯한 옷을 더 좋아한다. 화려한 색보다 무채색의 옷을 즐겨 입는다.

동생은, 누나에 대한 기억은 릴케를 읽던 낭만이야, 하고 내게 말한 적이 있다. 그러나 나는 이제 세상에서 푹푹 썩고 곰팡이가 슬며 고통 받는 영혼들에게 관심이 있다. 자신의 이득을 위해 배신을 하고 말았던 그 사람의 배신보다 그의 갈등을 읽는다. 그 사람의 착한 눈빛보다 그렇게 자신을 치장해야 했던 그의 속내가 더 궁금하다. 누구에게 나는 커다란 보석 반지를 끼고 자기를 드러내고 싶어 하던 모습으로 기억되고, 다른 사람에게는 앞치마를 입은 모습과 손에서 나는 김칫국물 냄새로 기억된다. 그들의 기억에 놓인 앨범 속의 나는 지금의 나와는 다르다.

앨범 안에는 친구들과 사랑한 사람들의 얼굴이 늘어서 있고, 내 힘겨웠던 발소리가 있다. 비록 내가 읽은 책이나 음악이나 교류한 사람들이 보이지는 않지만 그곳의 정원에서 그들이 속삭인다. 춤을 춘다. 메아리도 울려 퍼진다. 가쁜 숨소리를 내며

오르던 설악산의 능선이 있고, 계곡의 물소리가 있고, 고추잠자리가 맴도는 가을 하늘이 있다. 그리고 세월의 강물에서 건져 올린 나였던 나와, 나를 거친 나와, 나로 기억되는 내가 있다. 시간의 강물 위에서 나는 항상 새로운 물로 태어난다.

강물은 언제나 흐르지만 어제의 그 강물이 아니다. 먼 옛날의 그 물이 아니다. 나는 늘 새로운 물을 마신다.

4부
그림자 찾기

비 그치고 맑게 갠 가을 아침, 방아깨비 한 마리가 방충망을 기어오르고 있다. 유선형의 날렵한 배를 하늘 바다 위에 띄우고 조용히 여섯 개의 음전한 노를 젓고 있다. 분명히 저 위에 무언가 있다고 확신하는 듯 노를 젓고 또 젓는다. 방아깨비가 걸음을 멈춘 곳은 구멍 앞이다. 아들 녀석의 축구공에 찢어져 구멍이 난 곳에서 여섯 개의 노가 멈추어 있다. 다리 하나가 더듬거리며 길을 탐색하는 동안에 나머지 다리들은 굳건히 자리를 지킨다. 섣부르게 구멍으로 들어가는 일도 없다. 더디긴 하지만 녀석은 그렇게 길을 찾는다. 먹이가 있는 곳도 아닌데, 어디로 가는 것인가? 어찌나 걸음이 신중한지 혹시 소설을 쓰는가 싶다. 여섯 개의 다리를 적절하게 배치하며 걷는 노련함을 보아 여름의 긴 이야기를 장편으로 풀어놓는 중인지도 모른다. 벌써 사흘째 방아깨비는 방충망 위에서 꼼짝도 하지 않는다. 방아 찧어라, 방아 찧어라, 유년 시절 나는 손가락 사이에 방아깨비를 움켜쥐고 까르르 웃었지만, 생명의 탄력과 낯선 힘에 슬며시 서글픔과 두려움을 알았다. 방충망 꼭대기에서 방아깨비는 풀빛으로 죽었다. 더 오를 곳이 없는 그곳이 자신이 갈 수 있는 한계라고 말하듯, 조용히 더듬이를 멈추었다. 죽어서도 푸르디푸른 풀빛이었다. 그분은 늘 사람을 통해 오셔서 고통을 덜어 주고 희망을 불어넣어 주셨다. 오늘은 방아깨비를 통해 죽어서도 살아있는 삶을 생각하라 하신다. 많은 작품과 화려한 작가 생활을 하고 고향으로 떠나신 작가를 생각하며 커피를 끓였다. 점점 깊어가는 가을, 언젠가 방충망 위를 더듬을 내 여섯 개의 다리를 생각해 본다.

길싸움

 이른 아침부터 진달래언덕 위에는 사람들이 모여들었다. 오전 열 시가 되자 거의 오백여 명의 사람들이 웅성거렸다. 아파트 단지의 각 부녀회를 중심으로 모인 사람들은 대부분 아줌마들이었다. 모여든 사람들은 메가폰을 쥔 신세계아파트의 황 여사의 지시에 따라 일렬횡대로 모여 앉았다. 며칠 전에 내린 눈으로 도로는 미끄럽고 대충 신문지를 깔고 앉은 궁둥이는 말할 수 없이 차가웠다.
 "황 여사는 대학 때 응원단장을 했다더니, 여기서도 앞에 서네요. 그런데 좀 이상해요. 어제 나와 있던 아파트 부녀회장들하고 통반장들은 어째 그림자도 보이지 않잖아요. 모두 어디로 간 건지 이상하다는 생각 안 들어요?"
 202호가 201호에게 물었다.

"글쎄요. 나도 이런 곳은 질색인데, 어제는 오늘 모이지 않으면 같은 이웃을 배신하는 분위기였는데…. 포클레인도 다섯 대나 왔네요."

201호는 포클레인 옆에 있는 세 대의 관광버스가 어쩐지 더 불안하게 느껴졌다.

"이름 내고 나서던 사람들은 사라지고, 어쩐지 분위기도 수상해요."

202호가 관광버스를 가리키며 말했다. 창문을 모두 커튼으로 가린 관광버스는 새벽부터 그 자리에 서 있었다는데, 드나드는 사람은 없지만 빈 버스는 확실히 아니라는 것이었다. 201호는 지금이라도 집으로 가고 싶었다. 그러나 함께 온 이웃들을 뒤로 하고 빠져나간다는 건 어쩐지 부끄러운 행동이라는 생각이 들어서 이러지도 저러지도 못하고 그녀는 시린 궁둥이만 들썩거렸다.

용인시장으로 새로 취임한 H씨는 몇 가지 공약을 내세웠는데, 그중에는 용인시의 교통난을 해소하기 위해서 분당의 산허리를 잘라내어 길을 뚫겠다는 공약도 있었다. 진달래언덕이 고도가 낮아서 잘라내기 가장 좋은 곳이라고 했다. 문제는 길이 뚫리면 극심한 출퇴근 도로 정체가 아파트 바로 앞으로 이어질 분당 주민들이었다.

일을 주도한 부녀회와 통반장들은 도로 정체로 인해서 아파트 가격이 떨어질 것이라는 점과, 차가 많이 다녀서 공해가 심해지고, 교통사고 발생도 늘어나게 된다며 주민들을 설득했다. 다른 이유들도 타당했지만 가장 설득력이 있었던 것은 아파트 가격 폭락이었다. 주민들은 당장 재산 1호인 아파트 귀퉁이가 조금씩 떨어져 나가는 기분 나쁜 상상을 하지 않을 수가 없었다. H시장에게 분당의 힘을 보여줘서 진달래언덕을 잘라내는 일은 꿈도 꾸지 못하게 하겠다는 것이 이번 시위의 목표였다. 오늘이 바로 용인시에서 길을 뚫겠다고 예고한 날이었다. 그런데 단결된 힘을 보여 주자며 목소리를 높이던 사람들은 보이지 않으니 모여든 사람들은 불안에 휩싸였다. 멀리 서 있는 세 대의 수상한 관광버스가 그 불안에 더 부채질을 했다.

"저거 혹시 깡패들 동원한 것인지도 몰라요. 전에 재개발아파트에서 개발 반대 데모를 했을 때도 저런 버스에서 깡패들이 내리더니 싹 쓸어버렸다니까요!"

그렇지 않아도 불안한 201호에게 202호는 눈치도 없이 떠들어댔다. 사실 뚫겠다는 길을 막는 일은 이치에 맞지 않다는 것을 201호도 알고 있었다. 서울에서 분당으로 온 지 여섯 달이 되었지만 201호는 이야기할 상대가 없었다. 쉽게 문을 열어 주지 않는 아파트 사람들과 사귀기는 쉽지 않았다. 당장에 팔 집이 아니니 아파트 가격이야 오르든 떨어지든 큰 상관없지만, 이

번 기회에 사귄 옆집 사람들을 잃고 싶지는 않았다. 게다가 진달래언덕은 주말마다 201호의 가족들이 자주 찾던 곳이었다. 추억이 깃든 언덕이 없어진다니 서운한 일이 아닐 수 없었다.

  앞에서 호각소리가 들렸다. 언덕 위에 모인 아줌마 부대는 스크럼을 짜기 시작했다. 옆 사람의 팔에 자신의 팔을 걸어 두 팔을 엇갈려 팔짱을 꼈다. 스크럼은 어떤 큰 힘과도 대항할 수 있을 만큼 튼튼해 보였다. 바람이 불어 손도 발도 시리고 얼굴이며 귀마저 얼얼한데 스크럼을 짜니 서로의 체온이 전해져서 추위도 덜했다.

  그때였다. 관광버스의 문이 열린 것은. 문이 열리자 거칠고 건장한 남자들이 쏟아져 나왔다. 201호는 갑자기 소변이 마려웠다. 아니 대변이 마려운 것 같기도 하고 등줄기에 불이 붙은 느낌도 들었다. 응원단장 황 여사의 구령에 따라 스크럼은 점점 촘촘해지고 응원가 소리도 커졌다. 남자들은 202호와 201호가 스크럼을 짠 앞에서 한 줄씩 뭉텅이로 모여 섰다. 남자들이 차곡차곡 뭉텅이를 만드는 동안 아줌마들은 특유의 앙칼진 응원가로 목소리를 높였다. 뭉텅이들이 서서히 앞으로 다가오는 동안 아줌마들은 점점 더 히스테릭하게 소리를 질렀다.

  "어쩌자고 우리가 제일 앞에 서게 된 거죠?"

  202호가 먼저 울음을 터뜨렸다. 이윽고 뭉텅이들이 202호와

201호가 스크럼을 짠 줄을 먼저 접수했다. 남자 하나가 아줌마를 하나씩 붙들어 스크럼을 해체하여 옆으로 던졌다. 눈매가 매서운 남자가 201호를 붙들었다. 201호는 저도 모르게 3단 고음 비명을 질러대기 시작했다. 세상에 부딪혀 어려울 때, 뭐든 일이 안 풀릴 때 3단 고음을 지르면 많은 것들이 해결되곤 했다. 201호로서는 가장 강한 무기였다. 그러나 이번에는 통하지 않았다. 매서운 눈매는 무서운 힘으로 그녀를 안아 짓누르며 말했다.

"아줌씨! 집에 가서 솥뚜껑 운전이나 해! 나와서 지랄 떨지 말고."

201호로서는 처음 겪는 거대한 힘이었다. 작렬하는 3단 고음 비명에도 불구하고 201호는 도로 밖으로 밀려났다. 힘에 대한 적의와 열패감과 또 뭐라 표현할 수 없는 부끄러움으로 201호는 계속 3단 고음 비명을 질러댔다. 매서운 눈매와 이 모든 상황, 외롭지 않으려고 시작한 일이 비명처럼 갈가리 찢겨졌다.

30분 뒤 201호는 병원에 누워 링거를 맞고 있었고, 202호는 3단 고음 비명에 대해 놀려댔다. 201호는 극심한 스트레스로 혀가 굳어 몇 시간이나 고생했지만 몇 명의 친구를 얻었다. 진달래언덕은 동강이 났고, 몇 달 후 차들은 아파트 앞을 쌩쌩 지나다녔다.

철수와 영희는 어떻게 되었을까?

어제저녁 탄천에 산책을 나갔다가 저는 철수와 영희를 만났습니다. 거의 이십 년만이었지요. 그들이 누구인지 모르신다고요? 저런, 그럴 리가 있습니까? 국어책에 늘 등장하곤 하던, '바둑이와 놀던' 철수와 영희를 모르지는 않을 텐데요. 이 이야기는 그들의 근황이 궁금했던 분들에게 들려드리는 소식입니다.

이십 년 전에 두 사람이 결혼식장에서 입장하는 모습을 보면서 저는 콧등이 시큰했습니다. 광주의 사건으로 늘 데모만 하던 대학시절, 그들의 가난하지만 풋풋한 사랑을 보아왔기 때문이었죠. 결혼을 했으니 그들의 사랑은 이루어졌다고 저는 믿었습니다. 아들딸 낳고 알콩달콩 살았더라, 하는 뻔한 결말이라 생각했으니까요.

그랬으면 좋았으련만, 결혼이 결말이 아니라는 사실을 저는 몰랐습니다. 들리는 소문에 의하면 철수와 영희의 금슬은 그다지 좋지 않았습니다. 아니, 최악의 커플이었지요. 늘 '못 먹어도 고'를 외치는 철수는 좌충우돌 일을 저지르고 다녔고, 영희는 교육열에 불타는 열혈 엄마에 부동산으로 재미를 쏠쏠히 챙긴 현실주의자였지요. 은행에 다니다가 구조조정의 찬 서리를 맞은 철수는, 학원 강사에서 붕어빵장수로, 결국은 아파트 경비원이 되었습니다.

아시다시피 한 나라든 가정이든 간에 경제권을 쥔 사람의 목소리가 높게 되지요. 그러나 철수는 경상도 사나이에 완고한 보수주의자였고, 가부장적 권위주의의 딱딱한 의자에서 절대로 일어나지 않는 사람이었습니다. 그러니 야무지게 자신의 권리를 주장할 줄 아는 영희와 마음 맞추기가 어려웠지요. 두 사람은 서로 겉돌며 상대를 미워하며 살았습니다. 섹스리스인 부부로 각방을 쓰며 사는 이유는 상대방의 탓이라며 신세한탄도 했겠지요.

아이들의 조기 유학이며 집 장만 같은 큰일은 모두 영희의 몫이었습니다. 영희의 여유 있는 재정상태 덕분에 그들은 남부럽지 않아 보였지요. 일찌감치 갈라서지 않고 부부라는 명맥만 유지하고 있었던 이유는 그들이 대학시절 운동권에 참여하여 외쳤던 '독재타도'라는 구호 때문이었다는데, 그 이유는 저도 잘 모르겠습니다. 어쨌든 알토란같은 아들딸을 예쁘게 낳아 키웠으니 그 '독재타도'의 구호가 여러모로 그럴듯한 구호였나 봅니다.

그 알토란들이 조기유학에서 급히 돌아왔다는 소문이 들렸습니다. 영희가 소유한 코스닥 기업체가 IMF에 직격탄을 맞아 도산했기 때문이라고 했습니다. 철수와 영희가 집도 팔아넘기고 전세방 하나를 건져 도망치듯 나왔다는 소문은 동창들 사이에서 짜하게 퍼졌습니다. 방 하나에 네 식구가 각기 모서리를 차지하고 웅크리고 앉은 모습을 떠올리며 나는 마음이 아팠습니다. 한 번 찾아가 볼까 생각해봤지만 성공해서 거들먹거리는 사람을 찾아가는 길보다, 어려움에 처한 사람을 위로하러 가는 길이 더 멀고멀지요. 어찌 됐든 생목숨 넷이 있으니 살아내겠지 하는 게 저의 소심한 믿음이었습니다. 그게 거의 십 년이 다 된 일이었습니다. 그런데 어제 탄천에서 철수와 영희를 딱 마주친 것이었습니다.

그들은 반바지 차림에 조깅화를 신고 이마에는 헤어밴드까지 착용하고 있었습니다. 벌써 먼 길을 뛰어온 듯 헐떡거리는 그들에게 나는 물 한 잔을 건넸습니다. 마침 그만 뛸 작정이었다는 그들이 내 곁에 앉았는데, 그 땀투성이 손을 서로 맞잡고 있는 것이 아니겠습니까? 나는 순간 스크럼을 짜고 '독재타도'를 외치던 그 풋풋하던 젊음이 떠올랐습니다.

물 한 잔을 두고 서로 양보하며 그들이 들려 준 해피엔딩은 이렇습니다. 방 하나에서 서로 으르렁거리며 시간을 보내던 그들을 이어 준 것은 낡은 운동화였습니다. 분당의 전세방에서 그들이 할 수 있는 가장 건설적인 일은 운동화를 신고 나가서 탄천을 한 바퀴 걸어 들어오는 일이 전부였다지요. 말없이 걷던 영희가 먼저 아이들 이야기를 꺼냈지요. 학원을 보낼 처지도 되지 않는 그들이 할 수 있는 일은 각자 한 아이씩 맡아서 가르치는 일이었습니다. 아이들의 교육에서부터 시작한 그들의 이야기는 매일 산책길에서 계속되었지요. 다 갚지 못한 대출원금이며, 어머니의 칠순잔치 계획까지 탄천의 산책길에서 그들은 새로운 '독재타도'의 구호를 갖게 되었다고 했습니다.

"이제는 새 운동화를 신고 뛸 정도는 됐어."

영희가 흘러내리는 땀을 닦으며 말했습니다.

"그럼 이야기는?"

어리석은 질문이었지만 묻지 않을 수 없었습니다.

"얘는, 넌 아직도 이야기를 해야 알아차리니? 살아온 세월이 얼만데, 이제 척 하면 삼천리잖아."

영희가 내 등을 탁 치며 일어섰습니다.

내일 나는 그들이 집을 지어 이사를 했다는 새집에 초청받았습니다. 그 집은 그들이 걸으면서 화해하고 일어선, 탄천길이 하얗게 보이는 작고 아담한 집입니다. 정원을 아름답게 꾸몄다지만, 나는 그들이 계속 탄천을 뛸 것을 잘 알고 있습니다.

새 신을 신고

 풀피리 소리에 소치엣은 잠이 깼다. 아침이면 아버지는 풀피리를 불어 아이들을 깨웠다. 물 위로 아침 해가 덩그렇게 솟아올랐다. 호수 위의 수상가옥들이 햇살을 받아 붉게 물들었다. 소치엣의 아버지는 가난해서 물 위에다 집을 지을 수 없었다. 이층으로 개조한 낡은 배가 식구들이 고단한 몸을 눕히는 집이었다. 소치엣의 집은 톤레샤프 호수에서 물고기를 잡는 도구가 되기도 하고, 잡은 물고기를 파는 가게가 되기도 했으며, 밤에는 잠을 자는 침실이 되었다. 아버지는 매일 고기를 잡고 어머니는 그것을 팔아서 간신히 끼니를 해결하였다. 갈아입을 옷도 없는 처지이지만 아버지는 집이 있고 물고기가 있으니 모두 고마우신 나가신의 은덕이라며 감사의 기도를 잊지 않았다. 배가 떠내려가지 못하도록 밤이 되면 아버지는 배를 수상가옥의 기둥에 묶어두었다. 그리고 아침이 되면 기둥에 묶은 끈을 풀어서 다시 호수 위로 노를 저어 나갔다.

 소치엣은 겨우 떠진 눈으로 머리맡을 더듬었다. 부스럭거리며 검정 비닐이 손에 잡혔다. 소치엣은 비닐봉지 속에서 무언가를 꺼내 가슴에 품었다. 관광객들에게 팔 엽서였다. 소치엣이 엽서를 팔기 시작하면서부터 궁핍한 살림살이가 조금씩 나아지고 있었다. 그래서 지금 소치엣에게는 엽서가 제일 중요한 물건이었다. 소치엣은 크라마에 물건을 둘둘 말아서 싼 다음 허리에 질끈 동여맸다. 목발을 짚고 일어서는 소치엣의 바짓가랑이 한쪽은 비어 있다. 이년 전 아이들과 놀다가 지뢰가 터지는 바람에 왼쪽 다리를 잃었다. 지뢰는 대부분 전쟁 때 설치된 것들이었다. 전쟁은 끝났지만 제거되지 않은 지뢰로 인해 다치거나 죽는 사람들이 많았다. 국제기구들에서 나온 사람들이 지뢰를 제거하고 있기는 하지만, 캄보디아에 있는 지뢰를 다 제거하려면 이백 년이 걸릴지도 모른다고 했다. 학교로 가는 길에 소치엣은 친구들에게 손을 흔들며 인사했다. 한쪽 다리가 없이 걷는 걸음은 깍뚝깍뚝 소리가 났다.

 걸을 때마다 나는 깍뚝깍뚝 소리를 듣다가 소치엣은 학교로 향하던 발길을 돌렸다. 소치엣의 집에는 깍뚝 소리를 내며 걷는 사람이 하나 더 있었다. 소치엣과 함께 놀던 여동생도 오른쪽 다리를 잃었다. 압살라 무희가 되어 춤을 추는 것이 소원이었던 여동생이 불구가 되었을 때, 소치엣은 자신의 다리를 잃은 것보다 더 슬퍼했다. 웃는 모습이 꽃처럼 예쁜 여동생이 춤을 춘다면 얼마나 좋았을까! 지금 여동생은 어머니를 도와 생선을 팔고 있다. 여동생을 학교에 보내기 위해서라도 소치엣은 돈을 벌어야 했다. 관광객들은 더운 낮보다는 아침 일찍 이동하는 것을 좋아한다. 그래서 아침 시간에 가야 엽서를 더 많이 팔 수 있다. 학교를 끝나고 가면 허탕을 치게 되는 날이 많았다. 그래서 오늘도 소치엣은 학교를 가지 않는다.

소치엣은 바이욘 사원으로 걸음을 옮겼다. 바이욘 사원 제5고푸라에서 제4고푸라까지 가는 숲길에는 하늘로 두 팔을 벌린 이엥나무들이 서 있다. 그 숲길은 500미터나 길게 뻗어 있어서 관광객들에게 엽서를 팔기 좋은 위치였다. 숲길 중간쯤 갔을 때 갑자기 한국의 민요인 '아리랑'이 연주되었다. 아리랑은 예전에 아버지가 풀피리로 연주하여 들려주었던 곡이라 잘 알고 있었다. '지뢰의 희생자들'이라는 팻말을 세워놓은 연주자들은 모두 지뢰나 전쟁 때문에 팔다리를 잃은 사람들이었다. 지나가던 관광객들이 한국에서 온 사람들이어서 아리랑을 연주한 것이다. 관광객들이 박수를 치며 연주자들에게 십 달러나 내놓았다.

연주자들은 탄성을 질렀지만 곁에서 구경을 하던 소치엣은 울상이 되었다. 관광객들이 연주자들에게 돈을 많이 쓴다면 자신은 엽서를 팔 기회가 줄어들기 때문이었다. 소치엣은 어깨가 축 늘어졌다. 풀이 죽어 이엥나무 뒤로 몸을 기댄 소치엣의 어깨를 누군가가 슬쩍 건드렸다. 소치엣의 나이로 보이는 어린 관광객이었다. 그 애는 들고 온 종이가방을 주고는 휙 돌아서서 뛰어가 버렸다. 희고 말끔한 두 개의 다리가 달려가는 길에 뽀얀 먼지가 피어올랐다. 소치엣은 가방 속의 상자를 열었다. 흰색 바탕에 빨간 날개 한 개가 날렵하게 그려진 운동화 한 켤레가 들어 있었다. 소치엣은 밑바닥이 다 해진 자신의 슬리퍼와 하나뿐인 다리와 운동화를 번갈아 내려다보았다. 그리고 종이가방을 옆구리에 끼더니 갑자기 뛰어가기 시작했다. 깍뚝깍뚝 소리가 그 어느 때보다도 빠르게 들려왔다.

잠시 후 소치엣의 오른발과 여동생의 왼발에는 예쁜 운동화가 신겨 있었다. 빨간 날개가 달린 새신을 신고 여동생은 압살라 무용수처럼 손가락을 세웠다. 여동생이 춤을 추자 저 멀리 앙코르와트의 뱀들이 대가리를 치켜들었다. 톤레사프 호수의 나가 신이 몸뚱이를 뒤틀고 호수는 조용히 음악을 연주하기 시작하였다. 순결하고 원초적인 기쁨이 낡은 배 안에 가득 들어찼다.

오월의 점심식사

― 그쪽은 땡볕이네. 이쪽으로 와. 그늘 밑에 자리를 펼치자.

흰 와이셔츠의 남자가 바구니를 들고 비닐돗자리를 끌고 가면서 말했다.

― 애걔, 어린 소나무 한 그루밖에 없네. 그게 그늘을 얼마나 만들겠어?

와이셔츠의 부인으로 보이는 겨자색 원피스의 여자가 눈을 찡그렸다.

― 그래도 없는 것보다는 낫지. 양산을 펼쳐서 그늘을 만들자. 아, 배고프다!

배에 손을 얹고 허리를 구부리면서 남자가 익살스러운 표정을 지어 보였다.

― 그래. 달리 그늘이 안 보이니 그럴 수밖에 없지, 뭐.

겨자색 원피스가 한숨을 쉬면서 돗자리 위에 주저앉았다.

- 와! 신난다, 샌드위치 먹어야지!

꼬마가 폴짝폴짝 뛰어왔다. 감청색 싱글을 입은 남자와 흰 샌들을 신은 여자도 뒤따라왔다.

- 정말 대단해요. 이걸 다 직접 만드셨어요?

흰 샌들이 물었다. 바구니를 열자마자 아이가 샌드위치를 하나 집어 들었다.

- 저런, 손을 닦고 먹어야지. 세균맨이 들어오면 배가 아야야 하단 말이야.

겨자색 원피스가 물수건을 꺼내서 우아한 동작으로 아이의 손가락 사이사이를 닦았다.

- 난 형수님의 이 크루아상 샌드위치가 제일 맛있더라.

감색 양복이 이빨을 보이면서 웃었다.

- 그렇게 기름지고 고소한 것만 찾으니까 뱃살이 점점 늘어나지.

흰 샌들이 가늘게 눈을 흘겼다.

- 피클을 듬뿍 넣은 감자샐러드도 들어보세요.

겨자색 원피스 자락을 매만지면서 여자가 기품 있는 동작으로 음식을 권했다.

- 어머, 꽃으로 만든 샌드위치가 있네요. 이런 건 처음 먹어 봐요.

흰 샌들이 탄성을 질렀다.

- 음식으로 쓸 수 있는 꽃을 온실에서 기르고 있어요. 다른 식재료처럼 소스로 꽃을 빵 사이에 고정하면 돼요. 다양한 꽃을 함께 쓰면 샌드위치가 지저분해져 보이니까, 이렇게 각각 다른 꽃을 써야 색깔도 맞고 특유의 맛도 느낄 수 있거든요.

원피스는 피크닉 바구니에서 계속 포도주며 과일들을 꺼냈다.

- 난 그건 시큼하고 덤덤한 게 별로더라. 꽃을 어떻게 우적우적 씹어? 내가 양인가?

흰 셔츠가 시무룩한 얼굴을 했다.

- 소스가 맛있어서 괜찮은데, 뭘?

감색 양복의 남자는 원피스의 눈치를 보며, 샛노란 팬지가 들어있는 샌드위치를 또 입에 밀어 넣었다. 팬지꽃 하나가 빵 사이로 삐져나와 고양이처럼 웃었다.

- 엄마, 참치 샌드위치는 없어?

아이가 발을 구르면서 투정을 부렸다.

- 먼지난다. 발 구르지 마! 대신 햄 샌드위치가 있잖아!

- 네 형수는 아이들 심리를 너무 몰라.

흰 셔츠의 남자가 컵에 콜라를 따라서 아이에게 주면서 말했다.

콧등에 땀이 송송 맺혔던 아이는 콜라를 단숨에 마시더니 언제 투정을 부렸나 싶게 콩콩 뛰어갔다.

―아무튼 우리 형수님 샌드위치 솜씨는 알아줘야 한다니까요.

바구니에서는 요술처럼 음식이 계속 나왔고 감색 양복은 크루아상 샌드위치를 하나 더 입에 밀어 넣었다. 식사는 길게 이어졌고 그들은 5월의 새들처럼 재잘거렸다. 그들이 보온병에서 홍차를 따라 마시고 있을 때, 무리지어 피어 있는 철쭉꽃 사이를 지나 흰 옷을 입은 남자가 그들을 향해 다가왔다. 다가오는 남자를 보며 그들은 아직 멈추지 못한 웃음과 수다에 선을 긋느라 벌떡 일어났다. 흰 옷의 남자는 아직 치우지 못한 그릇과 음식, 냅킨들이 어수선한 돗자리를 바라보다가 머뭇거리며 말을 꺼냈다.

―죄송합니다. 최선을 다했지만 회장님께서는 수술 중에 그만…

두 남자는 입에 손을 가져갔고, 두 여자는 가슴으로 손을 옮겼다. 아이는 여전히 넓은 뜰을 콩콩 뛰어다니는데, 어디선가 부지런한 벌 한 마리가 날아와서 아이가 마시다 만 콜라 잔 끝에 기우뚱 앉았다. 점심 식사는 끝이 났다.

스즈키의 전쟁

"올봄은 많이 가물구나. 비가 이렇게 안 와서야…."

혼잣말을 중얼거리며 신문을 넘기던 아버지의 시선을 붙든 것은 왼쪽 귀퉁이에 실린 사진이었다.

"그렇게 고집을 부리더니 스즈키 그 사람도 이젠 고향으로 돌아가겠구나."

아버지는 사진을 가리키며 끄응 신음소리를 냈다. 필리핀 남부 민다나오 섬에서 60년 동안 은둔생활을 했다는 일본군의 사진이었다. 말을 탄 일등병 시절의 사진은 오래된 영화의 포스터처럼 생뚱맞았다. 다리가 짧아 비율이 어색해 보이는 말 위에 앉은 사진의 주인공은 모자의 챙이 만든 그늘에 눈이 반쯤 가려졌는데, 어리둥절함과 고집스러움이 반반 섞인 표정이었다.

"어떻게 이런 사람을 다 아세요?"

아버지는 가늘게 떨리는 손을 겨드랑이 사이로 감추었다. 일을 그만둔 후로 긴장할 때면 흔히 나타나는 증세였다.

"내가 목재 수입업을 할 때 필리핀에서 반군에게 붙들린 적이 있었지."

홍콩의 중개상이 농간을 부려 목재 값이 크게 부풀려지자, 화가 난 아버지는 직접 필리핀의 수출상을 찾아갔었다. 아버지의 영어 실력이라야 미군부대에 있을 때 귀동냥으로 얻어들은 생활 영어 몇 마디가 전부였다.

업자와 이야기가 잘 진행되어 그동안 수입하던 가격의 십 분의 일을 밑도는 가격으로 계약서를 작성한 아버지는 호텔로 돌아오던 길에 갑자기 차를 돌려 열대의 숲속으로 향했다. 기분 좋게 취한 마티니 덕분이었겠지만 통역을 맡은 직원을 중간에 내려놓고 혼자 간 것이 큰 실수였다.

모로 이슬람해방전선의 반정부 게릴라들에게 붙잡힌 아버지는 간첩으로 오인되어 죽을 위기에 처했다. 그때 일어를 할 수 있는 아버지와 의사소통이 되어 게릴라들의 오해를 풀어 준 사람이 바로 스즈키였다. 항상 소총을 어깨에 멘 채로 생활한다는 그는 아직도 전쟁이 계속되고 있다고 믿고 있었다. 중국과 한국은 일본의 속국이며, 곧 위대하신 천황폐하의 부르심이 있을 것이라 믿으면서 늘 다 닳아빠진 군복을 소중히 머리맡에 두고 생활한다고 했다.

"천황폐하를 말할 때면 '반자이'를 외치면서 벌떡 일어나서 한 손을 쳐들곤 했었다. 반군들에게 전술 훈련을 시키며 살아가고 있더구나. 자신이 조국으로 돌아가지 못하는 이유는 전선에서 이탈했기 때문이라고 했어. 군법회의에 회부되어 재판을 받을까 봐 겁내고 있었지."

전쟁이 끝났다고 아무리 설득을 해도 소용이 없었다며, 아버지는 비를 머금은 무거운 구름을 힘겹게 머리에 인 하늘만 바라보았다.

며칠 후, 신문들이 다시 스즈키 사건은 오보였다고 대대적으로 보도했다는 소식이 들려왔다. 마침 비가 내리고 있었는데 베란다로 흘러내리는 빗물로 창문이 눈물을 흘리는 것처럼 보였다.

"아마도 아버지가 만난 그분이 아닐 겁니다. 그저 이야기가 와전되어서…."

나는 어쩐지 아버지를 위로해야 할 것 같았다.

"여든이 넘은 그 사람이 전쟁이 끝난 현실을 마주하기 힘들었을 거다. 평생을 어떤 식으로든 전쟁을 하며 살았던 사람인데, 정치적으로 이용하려 하다니! 일본이 중국이나 다른 나라들에게 반일 감정으로 힘든 처지에 놓였으니 정치적인 돌파구가 필요했을 거야. 국민들에게 군국주의의 망령을 불러오려고 하는 데에 그 사람을 이용하지 못하게 되었으니 차라리 잘된 일이다."

아버지는 단호한 어조로 말하면서 등을 보이며 베란다로 나가서 섰다. 빗살이 굵어진 탓인지 창문을 타고 흐르는 빗물이 아버지의 굽은 어깨를 쓰다듬는 것처럼 보였.

나는 평생을 총을 메고 생활했다는 스즈키의 전쟁에 대해 생각에 잠겼다. 그가 감당할 수 없었던 것은 전쟁으로부터의 탈출이었을까? 혹은 자신이 지은 성으로부터 걸어 나오는 일이었을까? 어쩌면 우리 모두는 평생 자신의 방식으로 스즈키와 같은 전쟁을 하고 사는 것인지도 모른다. 내가 탈출하지 못하는 성(城)은 어떤 알량한 허우대를 하고 있을까? 나는 복잡한 심사가 되었다. 점점 굵어지는 빗물처럼 나의 상념도 두서없이 흐르고 뒤섞여 흘러내렸다.

수수꽃다리 그대

사월의 어느 뽀얀 봄날 그 사건은 시작되었다. 특별한 조짐도 없고 정신을 빼앗기는 사건도 없는 평범한 하루였다. 출근하러 현관 앞 화단을 나설 때 아주 좋은 향기가 풍겼다. 봄의 냄새였다.

문득 정신을 차려보니 나는 경춘선 철로 위에 서 있었다. 처음 떠오른 생각은 여덟 시에 시작하는 미팅에 늦었다는 것이었다. 황과장의 덜그럭거리는 잔소리가 들려왔다. 그러나 그 소리는 기차가 바퀴를 굴리면서 다가오는 소리였다. 당황한 나는 흠칫 철로에서 물러났.

이게 무슨 일이람? 손가방은 무거운 생각을 담은 듯 어깨에서 축 늘어져 있었다. 나는 손가방을 내려서 가슴에 안았다. 기차가 거인의 휘파람 소리를 내며 지나갔다.

순식간에 나는 가슴에 책을 안은 새내기 대학생이 되어 있었다.

철길 건너편에 그가 서 있었다. 아직도 푸른 젊음인 채로 깃발을 들고 있었다.
"시대를 고민하지 않는다면 학문이 무슨 소용입니까!"
미네르바 동산에서 그가 외칠 때에도 나는 책과 공책을 가슴에 끌어안고 있었다.
"여러분, 행동하지 않는 양심은 죽은 양심입니다!"
그가 흔드는 깃발은 마치 푸른 젊음이 나부끼는 것처럼 보였다. 나는 여전히 책을 끌어안은 채 불안하게 엿보고 있었다. 모여 있던 주간 학생들이 교문 밖으로 몰려나갈 때에 나는 반대편 인문관 강의실로 향했다. 말로 표현할 수 없는 슬픔이 걸음을 무겁게 했다. 여기저기 흩어져서 시위를 바라보고 있던 야간부 학생들이 강의실로 들어왔다. 강의실은 학생들로 차 있었지만 이상스레 텅 빈 것처럼 느껴졌다. 모두 말이 없었다. 강의실로 들어온 교수들은 낮은 목소리로 강의를 시작했다.

밖에서는 여전히 구호를 외치는 확성기 소리가 들렸다. 나는 마치 공부를 하기 위해 세상을 사는 사람처럼 열심히 공부했다. 그러나 나는 속으로 혼자 으르렁거리고 있었다.

'너희들은 부모 잘 만나서 부모덕에 학교를 다니니까 시대를 고민할 여유가 있는 거야. 내가 얼마나 어렵게 야간 대학을 다니는지 너희들은 모를걸. 직장과 학업을 병행하기가 얼마나 어려운지 알아? 시대를 고민하는 것은 내 앞가림으로도 충분해.'

대학 4년은 데모와 함성과 핏빛 구호로 얼룩진 시기였다. 그러나 나는 행동하지 않는 양심을 따라 공부만 했다. 최루탄가스를 마시면서 눈물을 흘리며 학교에 왔고, 확성기의 구호 소리를 들으며 러시아 동사 변화를 외웠다. 거의 모든 야간부 학생들이 그랬다.

"그래, 그건 정말 슬픈 일이었어."

나는 철길 건너편에 선 그를 향해 대답했다.

미네르바 동산에서 그와 어떻게 첫 키스를 나눴는지 알 수가 없다. 운명처럼 그가 다가왔고 나는 그의 펄럭거리는 젊음을 껴안았다.

"이 모든 광풍이 지나가면, 우리 함께 경춘선을 타고 춘천에 가자."

그가 다가올 때 좋은 냄새가 났다. 아름다운 봄의 냄새, 수수꽃다리의 향기가 나를 아득하게 했다.

마침내 그가 철길 건너편에서 경춘선 기차에 올랐다.

"함께 가지 못해서 미안해! 정말, 정말 미안해!"

이제 그만 깃발을 내려놔! 옥상 위에서 뜨거운 불덩어리가 되어 그가 뛰어내릴 때에 하지 못했던 말을 나는 비로소 소리 높여 외치고 있었다.

춤추는 농담

"농담이 춤추는 걸 본 적이 있나요?"

김밥을 입에 밀어 넣으며 그녀가 물었다. 그녀와는 만남은 벌써 삼 년째에 접어들었다. 은행의 직원과 거래처로 만난 이후 계속 만남을 이어오고 있었다. 세종문화회관 뒤편의 분수대에서는 점심시간에 직장인들을 위한 작은 음악회가 열린다. 점심때마다 나는 김밥을 사들고 분수대의 끝에서 그녀를 기다리곤 했다. 어느 날 그녀는 자신이 본 가장 무서운 농담에 대해 이야기하겠다며 말을 시작했다. 고장으로 수리하고 있는 분수대는 물을 뿜지 않아 덥고 지루한 날이었다.

그녀가 속한 은행의 실업야구 선수이며 노총각이었던 P가 결혼을 했다. 신혼여행지에서 그는 은행 지점의 전 직원에게 답례로 선물을 보내왔다. 석가탑이 그려지고 '경주 불국사 관광 기념'이라고 적힌 조잡한 나무쟁반이었다. 직원들은 P가 꽤 예의를 차렸다며 농담을 주고받았다. 그런데 다음 날 P가 교통사고로 사망했다는 비보가 날아들었다. 시즌이 오픈될 무렵이라 연습하는 팀에 합류하려고 신혼여행지에서 혼자 올라오던 길이라고 했다. 창가에는 직원들이 미처 가져가지 않은 쟁반들이 쌓여 있었다.

"허, 그래도 몽달귀신은 면했으니까 다행이군. 자칫하면 총각귀신이 될 뻔했어. 가뜩이나 실적도 좋지 않은데 귀신까지 씌우면 안 되지."

지점의 실적 악화로 본점 회의에 가서 혈압이 올랐던 지점장의 싱거운 농담이었다.

"장가를 갔으면 진득하니 있어야지, 왜 혼자서 깝죽대고 올라와?"

조금 전 회의실에서 지점장에게 실적 때문에 코를 꿰였던 차장이 벌레 씹은 듯한 표정으로 중얼거렸다.

"허, 이젠 신부가 필요한 게 아니고 미스 안이 필요하겠어. 죽은 사람에게 영안실 말고 달리 또 뭐가 필요해?"

지점장이 꽤 고급 농담이라도 한 양 실실 웃으며 미스 안을 바라보았다고 했다. 미스 안의 이름은 안영실. 이름의 순서를 바꾸면 영안실이 된다고 했다. 얼굴이 벌겋게 달아오른 미스 안이 어떻게 해야 이 상황을 벗어날까 전전긍긍하는 모습을 보고 서무주임이 화제를 바꿨다.

"그 사람이 뭘 알긴 알았나 봅니다. 직원들에게 상당히 미안할지 벌써 알았던 겁니다. 결혼 축의금에 조의금까지 한꺼번에 걷게 생겼으니까요. 그래서 저렇게 선물을 챙겨 보냈나 봅니다."

평소에 말이 없던 임 대리도 싱긋 웃으면서 한마디 보탰다.

"아직 혼인 신고도 하지 않았을 테니 그나마 다행이지요. 만약에 혼인 신고를 한 후에 그런 일이 생겼어 봐요. 결혼하자마자 호적에 생과부 낙인이 찍히는 꼴 아닙니까?"

임 대리의 말이 맞는다는 듯이 고개를 끄덕거리던 서무주임이 머리를 긁적거리며 지점장과 차장을 번갈아 바라보았다.

"호적에 적지 않으면 생과부가 아닌감?"

차장이 볼을 긁으며 아직도 못마땅한 얼굴로 말했다.

"법적으로야 말짱한 처녀니까요."

서무주임이 결재를 받듯 고개를 조아리며 말했다.

"허허 그 사람, 죽으면서까지 여러 사람을 생각을 했네 그려."

지점장이 냉커피를 들이켠 듯 시원하게 웃으며 농담을 마무리했다.

"그게 끝이야? 농담이 심하긴 했지만 충분히 벌어질 수 있는 상황인데?"

4부 그림자 찾기 241

나의 질문에 그녀는 잠시 눈을 감았다 떴다.

"나는 그날 창가에 놓아둔 쟁반들을 잊을 수가 없어요. 5월의 햇살을 받아 이상스레 번질거리던 쟁반들 위에는 그 사람들의 농담들이 통통 튀기며 춤을 추고 있는 듯 했거든요. 그 번질거림이 먼저인지 나중에 그 번질거림을 기억했는지는 모르겠지만요. 그래서인지 그 쟁반은 쓸 수가 없었어요. 물론 집으로 가져가지도 못했고요."

"쟁반이 번질거리는 게 두려운 사람도 있군그래?"

마지막 김밥을 입으로 밀어 넣고서 나는 긴장하고 있는 그녀의 발그레한 볼을 살짝 꼬집었다.

"다음날 골프장에 가려고 같은 자동차를 탔던 지점장과 차장, 그리고 서무주임과 임 대리까지 한꺼번에 사고를 당해 죽지 않았다면 그런 것은 기억나지도 않았겠죠. 정말 무서운 농담이에요."

갑자기 분수의 물이 솟아올랐고 그녀는 물을 뒤집어쓴 사람처럼 부르르 몸을 떨었다. 나는 가볍게 그녀를 토닥거렸다. 그런데 갑자기 어제 농담처럼 했던 말이 생각났다. 그녀가 비둘기처럼 몸을 떨면서 처음으로 내게 자신을 열어줄 때, 나는 결혼하자고 그녀의 귓불에 속삭였었다. 그때 나는 아내와 세 살짜리 딸아이를 잊었던 것일까? 나는 갑자기 하늘을 향해 솟아오르는 분수대의 물줄기가 갑자기 너무나 두려워지기 시작했다.

아주 멋진 거웃 한 올

조금 전 나는 그를 버렸다. 한강 둔치 위에서 하늘로 솟구쳤던 그는 금방 내 시야에서 사라졌다. 이제 더 이상 그의 감정에 휘둘리는 일은 없을 것이다. 때마침 방향을 바꾼 실바람이 내 가슴께로 불어왔다. 아주 가볍고 유혹적인 간질거림이었다.

언제부터였는지 잘 모르겠지만 그는 나와 함께 살았다. 그와는 의견충돌로 마찰을 빚거나 정서적으로 혼란에 빠지는 일 없이 잘 지냈다. 그는 자신의 욕망을 참을 줄 알았고, 나는 자신의 욕망을 이기지 못한 그를 위해 비켜줄 때를 알았다. 우리는 서로의 영역을 침범하지 않았다. 심지어 그는 내가 결혼하기로 결정했을 때도 군소리 한 마디 없었다. 그를 버릴 수밖에 없는 이유는 설명하고 싶지 않다. 그저 그럴 때가 되었기 때문이다.

샵에 돌아오자 U부인이 기다리고 있었다. 그녀가 상체를 흔들며 웃자 쇄골 바로 아래부터 시작된 그녀의 커다란 유방이 함께 출렁거렸다.

"미스 양 좋은 일이 있나 봐. 눈빛이 영 달라졌는걸. 결혼한다더니 갑자기 성숙한 여자의 눈빛이 됐어."

가운을 갈아입는 그녀의 뒷모습을 보면서 나는 가슴이 요동치는 것을 느꼈다. 그럴 리가 없다. 나는 분명히 그를 버리고 왔었다! 이건 분명히 그의 몫인데? 나는 U부인의 뒷목을 부드럽게 풀어 준 후 어깨와 팔의 경락을 마사지하기 시작했다.

"오늘은 어째 힘이 좀 부족하네. 미스 양은 남자처럼 손의 악력이 세게 느껴져서 좋았는데…."

U부인이 슬그머니 눈을 뜨더니 투덜거렸다. 그녀가 투덜거린 것은 처음이었다. 나는 마사지 오일을 조금 닦아내고 그녀의 팔을 지그시 누르면서 힘을 주었다. 주요 혈점인 경락을 마사지할 때는 누구라도 아픔과 쾌감을 함께 느낀다. 마침내 그녀의 살집 좋은 몸이 베드 위에서 출렁거리며 가는 신음을 내뱉기 시작했다. 언젠가 그녀는 남편과의 잠자리 불만족을 이런 식으로 푼다고 말한 적이 있었다. 그런데 뭔가 이상했다. 여느 때처럼 U부인이 고통과 쾌감에 몸을 뒤트는 모습을 보면서 나는 그가 돌아왔음을 알았다. 그는 U부인이 몸을 뒤트는 경혈점을 잘 알고 있었다. 오늘따라 그는 더 집요하고 악랄하게 U부인을 마음대로 휘두르고 있었다. 마침내 흐르는 듯 경혈의 길을 따라가던

손길을 멈춘 그는, U부인의 젖가슴에 손을 집어넣었다.

"미스 양?"

U부인이 의아한 눈으로 나를 바라보고 있었다. 나는 화장실로 달려갔다. 달아오른 얼굴을 물로 축이고 거울 속의 나를 바라보았을 때, 나는 알았다. 바로 그였다! 그는 내 브래지어 앞가슴 고리에 달라붙어 있었다. 몇 년 전 브래지어 광고에 출연한 카자흐 출신 모델의 예쁜 가슴을 열띤 눈으로 훑으며 수음을 하여 나를 당황하게 하던 바로 그였다! 나는 그의 욕망에 사로잡히는 이런 시간이 싫었다. 그의 욕망에 휘둘려 찜찜한 행동을 하게 하는 이런 시간을 참을 수가 없었다. 그래서 그를 떼어내려고 내 몸 구석구석을 뒤졌고, 마침내 그인 것이 확실한 아주 길고 잘생긴 이 거웃 한 올을 발견했던 것이다. 한강에서 그를 날려버릴 때도 느끼지 못한 분노가 나를 사로잡았다. 나는 거칠게 그를 잡아떼어 변기에 넣고 물을 내렸다. 세찬 물줄기가 그를 휘감고 사라졌다. 이제야 그는 내게서 떨어졌다. 그가 없으니 나는 다시는 음악회에 양복을 입고 가지 않을 것이고, 짧은 커트머리도 마음대로 길러볼 수 있다. 그리고 물론 다중인격 장애 판정을 내린 그 의사의 상담은 거절할 것이다. 누구나 내가 나임을 발견하는 과정은 원래 혼란스러운 법이니까.

고요한 밤과 거룩한 밤 사이에

 영성체 시간에 색소폰을 든 남자가 연주한 곡은 평범한 성탄 캐럴이었다. 흔히 색소폰으로 연주되는 곡이 아니었기에 음악은 낯설게 느껴졌다.

 고요한 밤 거룩한 밤…. 알토 색소폰의 저음이 한 소절을 채 연주하기도 전에 나는 색소폰의 입구에 발바닥을 집어넣은 듯 묘한 간지럼증을 느꼈다. 둔중하면서도 애끓는 그 소리가 내 안에 있는 북을 툭 건드렸다. 둥둥둥. 되도록 북에 신경을 쓰지 않고 소리의 리듬에 휩쓸리지 않으려고 애를 썼지만 나의 몸은 발끝부터 서서히 일어나고 있었다.

 먼저 발끝이 곤두서고 발목이 돌더니 무릎이 큰 반원을 그렸다. 그리고 손이 슬며시 올라갔다. 목은 제멋대로 뒤로 젖혀지고 둥둥 울리는 북소리가 몸 전체를 흔들어댔다. 견디다 못한 나는 급히 성당을 빠져나갔다.

숨이 턱에 차 뛰어간 나를 기다린 것은 L이 아니었다. L과 앉아 오랜 시간을 보내던 소파만이 오랜만이라며 아는 시늉을 했을 뿐이었다. 어쩐지 그동안 시간이 많이 지난 것처럼 낡아 버린 소파의 귀퉁이를 쓰다듬으며 나는 슬며시 엉덩이를 내려놓았다. 잊었던 혹은 잊고자 그리도 애썼던 추억들이 먼지가 되어 풀풀 날렸다.

갑자기 방문이 열리면서 기적처럼 L이 나타났다. 양손에 포도주를 담은 잔을 들고 입에는 촛대를 물고 있었다. 씽긋 웃는 그의 미소와 함께 탁자 위 세 개의 초에 불이 밝혀졌다.

안 오면 어쩌나 했어.

약속했잖아.

L이 준 포도주잔은 악마처럼 붉었다. 목구멍을 넘어가는 시큼한 액체는 향이 좋았다.

대단한 걸 준비했네?

그럼 약속이었잖아.

L이 레코드판을 걸었다. 무언지 알 수 없는 곡을 연주하는 색소폰 소리가 가슴 속 가장 큰 북을 둥 울렸다. 어쩐지 비수를 찔러 넣은 듯 고통스러운 소리였다.

너무 잔인해. 저 소리는.

때로는 낮은 소리가 더 깊게 바닥까지 긁어내는 것 같아. 알토 색소폰은 피아노 악보하고 달라. 단 3도를 내려서 연주해야 된대. '도'를 '라'로, '솔'을 '미'로 '파'를 '레'로 바꾸어야 해. 학교종이 땡땡땡 그 노래가 원래 솔솔라라 솔솔미 솔솔미미레 잖아? 그런데 알토 색소폰은 미미피피 미미레 미미디디미 이렇게 불러.

그래도 같은 곡으로 들리나? 그런데 어떻게 그렇게 잘 알아?

전에 아버지가 색소폰을 불었어. 나이트클럽에서 일했지만 평생 자신은 음악가라고 믿고 사셨지. 아직도 어머니는 돌아가신 아버지가 음악가였다고 말해. 아버지가 계실 때에는 무슨 말라빠진 음악가냐고 싸우곤 하셨는데….

L은 굳은 표정으로 포도주잔에 알약을 한 주먹씩 넣고 휘젓기 시작했다.

그럼 너도 불 줄 알아?

아니, 들을 줄만 알아.

이제 알약들은 녹아서 악마의 색깔과 합쳐졌다.

너 진짜 그걸 할 작정이니?

그럼. 그러려고 오늘로 날을 정했잖아.

그, 그래.

나는 진땀이 났다. 병원에 누워계시는 어머니의 얼굴이 떠오르고, 느닷없이 어렸을 때 나를 자전거에 태우고 들판을 달려가던 아버지의 땀 냄새나던 등판이 생각났다. 채 정리하지 않은 책상도 찜찜하고, 선물로 받고 아직 입어보지도 않은 스웨터도 아까웠다. 아끼던 LP판들도, 내년 봄에 뿌리려고 받아놓은 꽃씨들도, 낮 동안 햇볕에 널어놓아 보송보송해진 이부자리의 감촉도 그리웠다.

난, 말이야.

그만두고 싶어, 마지막 말은 입안에서만 맴돌 뿐 밖으로 나오지 않았다. 저 포도주 한 잔이면 내가 놓고 온 모든 것들과의 인연도 함께 사라지게 된다. 아주 커다란 작대기 하나에 나를 꽂아서 휘두르는 듯한 저 색소폰 소리도.

미치도록 너를 사랑해. 넌 사랑이 변하는 게 좋으니?

그런 건 아냐. 하지만,

조건은 필요 없어. 다만 이 순간을 정지시키는 거야. 얼마나 멋지니!

장미꽃 냄새나는 L의 입술이 다가왔다.

우린 아직 너무 어려. 나중에 후회하지 않을까? 나는 세상이 완전히 절망스럽다는 확신이 없어.

그럼 희망이 있다는 확신은 있는 거야?

살면서….

나는 L을 슬쩍 밀어냈다.

나중은 없어. 알아? 그러니까 후회도 없는 거야.

촛불 아래서 벗은 L의 몸은 어른처럼 보였다. 그것이 나는 무서웠다.

시, 싫어.

내 말은 따스한 그의 살과 부딪치는 순간 허공으로 흩어졌다. 부드럽고 따스한 살이 맞닿는 느낌이 너무나 아늑했다. 이대로 한 십 년 껴안고 있었으면 싶었다.

아프지 않을까?

조심할게.

그래도 무서워.

사랑할 거야. 너를.

몸이 뚫리는 고통을 느끼는 순간, 나는 거룩한 밤의 마지막 소절을 들었다.

아기 잘도 잔다. 아 기 잘도 잔다.

애간장을 녹이는 알토 색소폰의 소리가 끝나자 나는 입가에서 포도주의 감칠맛을 혀로 느낄 수가 있었다.

다시 그 순간이 돌아온다면 나는 그에게 말했을 것이다. 살아가면서 절망도 희망도 만들어가는 것이라고. 어떤 모양이 만들어지는지 확인하기 위해서라도 한 번 살아볼 만하지 않느냐고.

색소폰 소리는 나를 아주 먼 곳으로 데려다주었다. 그래서 지키지 못했던 약속의 묶은 짐을 벗게 해 주었다. 나를 기다리다가 L은 절망 속에서 수면제가 든 포도주 두 잔을 모두 마시고 모든 인연을 버렸다. 그때의 약속이 그동안 내게 그토록 큰 짐이었는지는 나도 알지 못하고 있었다. 어디 선가에는 크리스마스의 기적은 일어나고 있다. 정작 당사자는 알든 모르든 간에. 고요한 밤과 거룩한 밤, 그 사이에.

세상의 비밀 1
울트라 수퍼 캡 짱

처음 수학을 배울 때 엄마는 내 답만 보고도 척 알았다.
정답인지 오답인지는 물론이고 손가락으로 셈을 했다는 것도.
나는 엄마가 슈퍼맨처럼 보였다.

수학공부가 조금 더 진전되었을 때 엄마는 가끔 내 문제를 풀었다.
그래, 이 답이 맞구나. 이건 이런 방식으로 풀어야 해.
왜 그런데?
엄마가 하라는 대로 해.
엄마는 진짜 울트라 슈퍼맨이다.

내 수학공부가 고급 단계에 올랐을 때 엄마는 가끔 답지를 훔쳐보았다. 모르는 척했지만 엄마도 끙끙대는 문제가 점점 많아지고 있었다. 어느 날 나는 슬쩍 물었다.

왜 엄마는 답을 봐?

내가 언제 봤다고 그래? 문제나 풀어.

그날 맞은 알밤은 꽤 가혹했다. 밤늦게까지 숙제를 해야 했으니까. 엄마의 알밤은 진짜 캡짱이다.

아빠도 풀지 못하는 문제를 내가 풀 수 있었을 때
엄마는 답지를 보지도 않았다.
이건 어떻게 풀어야 하지?
내가 물었지만 엄마는 시큰둥한 표정이었다.
엄마, 답지 좀 봐줘!
답지는 보는 게 아냐. 정직하지 않잖아. 스스로 풀어.
방안에는 잠시 정적이 흘렀다.
갑자기 엄마가 벌떡 일어나더니 방을 나가면서
축 처진 목소리를 바닥에 떨어뜨렸다.
이젠 내가 네 수학을 풀기 힘들구나.
미안하다. 선생님께 여쭤 봐라.
이제 엄마는 정직하기까지 하다.
우리 엄마는 정말 수퍼 울트라 캡짱 맘이다.

세상의 비밀 2
퍼펙트 월드

자라면서 아이들은 부모에게 놀라운 감동을 선사한다.

꽃망울을 부풀린 나무들이 쭉쭉이를 하는 봄 뜰을 내려다보며

막 열 살이 된 아이가 하는 말,

엄마 세상이 너무 완벽해서 눈물이 나올 것 같아요.

쑥 내민 입술이 새싹처럼 꼼지락거린다.

세상이 완벽하게 느껴지니?

네. 세상의 모든 것들이 너무 완벽해요.

마치 나를 위해 준비된 것만 같아요.

어떤 것들이 그렇지?

엄마와 아빠, 선생님과 친구들, 책들과 음악이 퍼펙트해요.

예를 들면 퍼펙트 월드라는 단어도 너무 완벽해요.

그 단어 속에 들어 있는 리듬도 뜻과 너무나 일치해요.

퍼펙트 월드. 퍼펙트 월드. 그래 그런 것 같구나.

저 햇볕도 구름과 강물, 스치는 바람과 굴러다니는 돌멩이조차도 너무 완벽해요. 그 모든 것들을 생각하면 눈물이 나올 것 같아요.

그래. 그 모든 것들을 가르쳐주지 않아도 스스로 알게 하니 세상은 정말 퍼펙트 월드로구나.

아이를 키운다지만 나는 다만 고개를 끄덕거렸을 뿐이다.
세상이 아이의 땅을 북돋워주기에 아이는 절로 자란다.

세상의 비밀 3
구멍

"세상은 절대 완벽하지 않아요."

씨근덕대며 들어온 아이가 책가방을 내던지며 하는 말.

묻고 싶은 말은 많았지만 나는 그저 가슴을 쓸어내리면서 사과를 깎았다.

화난 표정으로 아이는 사과를 우적우적 씹고 아이스크림을 핥았다.

마치 그것들이 세상의 불안이라도 되는 듯이.

"엄마는 왜 내가 세상이 완벽하다고 했을 때 가만히 있었어요?"

힐난하듯 아이는 눈을 세모로 만들며 미심쩍은 눈길을 보냈다.

"진짜로 그렇게 생각하신 거예요?"

"그랬지. 그때는."

영화에서처럼 나는 어깨를 으쓱해 보였다.

"그때는 완벽하고 지금은 어떤데요?"

"글쎄다. 너는 어떠니?"

"세상은 구멍투성이예요. 절대 완벽하지가 않아요."

다 먹은 아이스크림 껍질을 접시에다 던지면서 아이가 말했다.

"왜 그렇다고 생각하니?"

"세상이 완벽하다면 왜 할머니는 그렇게 아프신 거죠? 의사는 왜 완벽한 치료를 하지 못하고 오진을 했겠어요? 학교에서 돌아올 때 엄마는 늘 낯선 사람을 주의하라고 말하고, 길을 건널 때는 정신 나간 운전자가 운전하는 차를 조심하라고 해요. 세상이 완벽하다면 왜 두려워해야 하죠? 왜 불안하죠? 세상이 완벽하다면 엄마가 할머니처럼 쭈글쭈글해지는 일은 없어야 하는데 그렇지가 않잖아요. 세상은 결코 완벽할 수가 없어요. 여기저기 구멍이 뚫려 있는 물병 같은 거예요. 그것도 아주 약해서 잘 깨지는 것 말예요. 안 그래요?"

나는 놀라움을 감추려고 눈을 내리깔면서 간신히 말했다.

"그래. 네 말대로 세상은 완벽하지가 않구나."

아이를 키운다지만 나는 아이의 손에 쥐어 준 것이 없다. 다만 세상이 아이에게 질문을 던질 뿐. 아이는 그 질문에 대한 답을 찾으며 자라난다.

세상의 비밀 4
삶은 계속된다

엄마랑 같은 날 함께 죽었으면 좋겠어.
잠자는 줄 알았던 아들이 느닷없이 하는 말.
애야, 세상의 비밀 하나 가르쳐줄까?
몰려오는 졸음을 밀어내며 엄마가 중얼거린다.
그게 뭔데?
세상이 어떻게 이어지는가 하는 비밀.
엄마의 베개 아래로 숨겨둔 비밀.
세상이 어떻게 되건 난 상관없어.
아들이 훌쩍거린다.
엄마와 아빠는 아이를 남기고 그 아이는 또 아이를 남기고….
그 아이 속에 아이가, 아이 위에 또 아이가, 그렇게 세상은 이어지는 거야.

그래도 엄마가 없으면 난 못살 것 같은걸. 엄마는 내 안식처잖아. 안식처가 없으면 너무 허전할 것 같아.

그래도 그렇지 않단다. 엄마는 할아버지가 돌아가셨어도 살아남았어.

할머니가 저렇게 아프셔도 네 생각을 더 많이 해. 아마 너도 그럴 거야.

세상은 꼭 이어져야 해?

잘 모르지만 숙명적으로 사람들 뼛속 깊이 세상을 잇는 유전자가 존재하나 봐. 엄마를 딛고 세상으로 나가는 것도 아기의 뼛속에 심어져 있어.

무서워.

아들의 훌쩍거리는 소리.

엄마는 엄마의 엄마가 돌아가시더라도 네게 밥을 해 주고 영어 단어를 불러줄 거야. 아마 너도 그럴 거야. 틀림없어.

할 말이 딸린 엄마는 슬그머니 하품하는 체한다.

그럼 나하고 틀림없이 천국에서 만나야 돼.

그래야지.

거기서도 서로를 알아볼 수 있을까?

글쎄, 잘 모르지만 그것도 뼛속에 심어져 있지 않을까?

맞아.

어느덧 아들의 숨소리가 옅어진다.

계속되는 호흡을 잇는 숨소리다.
세상으로 흐르는 강물소리.
삶은 그렇게 계속된다.

앵두

 선생님, 지금 저 남쪽에는 태풍이 올라오고 있다고 합니다. 저는 며칠째 태풍을 대비한 준비에 분주했습니다. 토마토며 고추, 깻잎에 지지대를 세워주고, 거름도 주었습니다. 비가 흘러내릴 도랑도 만들었습니다. 그리고 무엇보다 급한 일은 오늘 앵두를 따야 합니다. 앵두나무는 청명에 수 천 송이의 흰꽃을 피우고 망종에는 그 꽃자리마다 붉은 열매를 품습니다. 복사꽃은 화려하게 꽃단장한 게이샤의 분 냄새를 풍기지만 앵두꽃은 처녀의 순한 살 냄새를 풍깁니다. 앵두꽃은 멀리서 보면 흰 꽃무리처럼 보여도 가까이 들여다보면 연한 분홍이 슬쩍 번져 있는 것을 알 수 있습니다. 앵두꽃이 음전한 처녀의 빗장뼈처럼 보인다고 말하면, 선생님께서는 앵두꽃에 쇄골이라니 엇박자라 하시겠지요. 그러나 아무리 음전한 처녀라 하더라도 저 춘심의 자맥질이야 모르지는 않을 테지요. 처녀의 쇄골이 드러내는 우물은 저 춘심보다 더 깊은 무엇을 담을 수도 있을 테니까요. 우물가에 심은 앵두나무 때문에 동네 처녀들이 바람나서, 물동이며 호미를 모두 팽개치고 저 대처의 휘파람을 따라 떠난다지만, 조용히 앵두를 만드는 일만 열중인 나무도 있습니다.

다른 열매에 비해서 앵두는 무척 무르고 연합니다. 그래서 앵두를 딸 때는 조심스럽게 손가락을 놀려야 합니다. 무디고 거친 헛손질에는 앵두가 물러 터져버릴 테니까요. 가지 속속들이 매달린 앵두를 따려면 품이 많이 들고, 끝까지 집중력을 유지해야 합니다. 저는 송이송이 열린 앵두들이 모두 한뼘소설처럼 보이는지 모르겠습니다. 처음 한뼘소설을 쓴다고 했을 때, 선생님은 제대로 된 작품을 쓰지 못할까 봐 걱정하셨습니다. 큰 작품은 끈질기게 붙어서 물고 늘어져야 하는데, 짧은 글을 쓰면 그 에너지가 모두 새버릴 것이라고 충고하셨지요. 문학으로 일생을 살아오신 선생님의 충고는 문학과 제자에 대한 애정 어린 근심이었다는 것을 압니다. 어떤 친구는 단편이나 장편에 자신이 없으니 샛길로 샌다고 했고, 짧은 작품 하나를 쓰고 만족하는 사람들의 게으른 작업이라는 이도 있었습니다. 그러나 아이를 키우고 살림을 하면서 긴 작품에 몰입할 시간이 부족했던 저에게는 한뼘소설이 최적의 장르였습니다. 짧은 시간에 응축된 에너지를 쏟아 부은 글은 저의 혼이 고스란히 담겨졌습니다. 저의 앵두 한 알 한 알은 단편의 부분이고 또한 장편의 한 장면이기도 합니다. 아이가 대학에 들어간 지금, 저는 그 앵두 하나하나를 풀어 단편도 쓰고 장편도 씁니다. 물론 앵두 한 알이 완벽하지 않다는 말은 아닙니다. 오히려 앵두 한 알이어야만 완벽한 글도 있는 것입니다. 제가 쓴 글을 읽는 독자들이 춘앵전의 극치에서 짓는다는 웃음, 무대판 염화미소라는 '미롱(媚弄)'을 보기를 기대한다면, 그것은 과한 욕심일까요? 모든 감정을 내보이며 활짝 웃는 웃음이 아니라, 한과 절망과 기쁨, 그리고 희망이 뒤섞인 변증법적 미소 '미롱'이야말로 한뼘소설에서 보여줄 수 있는 극치의 미(美)라고 저는 믿습니다.

수박처럼 큰 것도 아니고 적어도 참외만은 해야지, 앵두는 참 먹을 것도 없다고 말하는 사람도 있습니다. 그러나 앵두나무에서는 앵두가 열리는 법입니다. 저 작은 열매를 드러내려고 앵두나무는 참외나 수박 못지않게 끈덕지게 물을 끌어올려, 붉은 정열을 나무 하나 가득 품게 된 것입니다. 귀명창들은 판소리 공연을 할 때, 공연자의 노래가 멋들어지고 그 사람만의 그늘 우거진 소리가 깃들었으면, '앵도를 똑똑 딴다!'며 무릎을 쳤다지요. 그때의 앵도가 바로 앵두이며, 구슬처럼 완전한 소리, 붉은 정열이라는 뜻이라 들었습니다. 붉고 동그란 앵두를 입에 넣어보니 시고 달며 씁쓰레한 맛이 느껴집니다. 작품에 담아야 하는 뜻 또한 그러하지 않은지요. 시고 달며 쓴 그런 글말입니다. 지금 저토록 붉고 화려하게 많은 열매를 달고 있지만 앵두나무에는 꽃이 피는 봄과 열매를 맺는 초여름만 있는 것은 아닙니다. 저 앵두를 맺기 위해서 나무는 지난하고 매서우며 두려운 겨울을 버텼다는 사실을 저는 기억합니다. 그러기에 오늘 저는 붉은 열매를 가득 달고 고요히 서 있는 앵두나무, 그 너머를 바라보게 됩니다. 참, 어둠이 내리기 전에 매실도 따야 한다는 것을 잊고 있었군요. 이번 태풍이 몰고 오는 비가 지나가면 참외며 수박도 무럭무럭 자랄 것입니다. 때가 되면 저도 앵두보다 큰 수박이나 참외도 수확할 수 있을 것입니다. 태풍 걱정은 하지 않습니다. 비와 바람에 열매 몇 개가 떨어질 테지만, 그것을 견딘 옹골찬 열매들이 꽤 남을 테니까요. 무엇보다 저는 비가 흘러갈 도랑을 오랜 세월을 들여 넉넉히 그리고 깊게 파두었습니다.

이른 더위에 선생님은 건강하신지요. 선생님을 뵌 지도 꽤 오래되었습니다. 건강이 예전 같지 않으시다는 말을 듣고도 찾아뵙지 못했습니다. 제 앞가림하기에 바쁜 핑계로 무심하고 못난 저를 용서하세요. 작년에 비해서 올해는 앵두가 두 배쯤 더 열렸습니다. 앵두로 효소를 담아야겠습니다. 효소가 스스로 발효

되어 익고 앵두의 붉음이 정열의 빛깔을 띠게 되는 날, 오랜 시간 쓴 장편소설이 탈고되는 날, 비로소 선생님을 찾아뵙겠습니다. 그동안 선생님, 몸 건강하세요. 안영실 올림.

추천의 글
사는 일마다 뜻 매기기
- 안영실의 뼘얘기묶음 『화요앵담』에 부쳐

정현기_문학평론가

1. 앞 이야기

참 많은 사람들이 글쓰기를 꿈꾼다. 글쓰기란 어쩌면 일종의 꿈꾸기일지도 모른다. 글을 남긴다는 꿈은, 어쩌다 태어나 한세상 사는 동안 겪은, 아주 많거나 작은 겪음 나기를 뒷사람들에게 보여, 나도 한세상 여기 이 지구 어디 한 곳에 움찔거리며 살았었다는 그런 증표를 남기고 싶은 마음자리 탓이겠다. 모든 사람들은 다들 글쓰기를 꿈꾼다.

또 당신이 살아온 한 살이 삶이란 이야기책으로 쓰면 몇 트럭분도 넘을 그런 아프고 슬프며 아린 것이었노라고 다들 믿는다. 자기가 겪은 삶의 고통스러운 나날들을 생각하면 그 이야기를 잘만 엮으면 엄청난 분량의 이야기책이 될 것이라는 착각일 테다. 삶이 지닌 저리고도 옹색한 절망 때문일 터. 어린 시절 내 어머니가 그랬다.

'야야! 내 젊은 적 얘기를 글로 쓰면 몇 트럭 분도 더 넘을 고비가 굽이굽이 쌓였단다.' '엄마 그래요? 그러면 어디 이야기 좀 해봐요!' '그래 그러자 저 말이다. 네가 느이 아버지하고 결혼해 가지고설랑! 강님에 가 살 적에 말이다.' '응!' '그때 느이 아버지가 발동기로 방아를 찧는 일을 하였어야!' '응!' '그런데 말이야! 말 마라!'

그런데 이때부터 어머니의 이야기는 한 이야기 또 하고 한 이야기 또 하며 자꾸 반복이다.

'애 저 강님 살 때!' '엄마 그 얘긴 아까 했잖아!' '그런가?'

한 트럭은커녕 내 어머니는 원고지 열 장 분량도 다 못 채울 이야기로 개미 쳇바퀴만 돈다. 우리들 삶 그것 자체가 실은 그렇게 개미 쳇바퀴 돌리는 듯한 반복된 나날 밤낮을 견디며 살아가는 그런 것이다.

여기 다른 착각 하나가 우리 또 마음에 찰싹 달라붙어 있다. 나는 그래도 남들과는 아주 다른 삶을 겪으며 살았거니, 그래 그렇다, 모두 다른 사람이고 다른 곳 다른 때 낳아 살다가 가고 마는 삶이니, 다들 다른 삶을 산 것이 틀림없다. 그러나 정말 자기만 다른 삶을 살았나? 이야기는 거기서부터 시작이다. 다들 다르게 산 삶이면서 또 같은 겪음 이야기를 앞에 앉은 사람에게 말한다. '아아 그래 애?' '아아 그래 설남므네! 에헴!'

사람들은 말하지 않으면 살아갈 수 없는 '있음 테'다. 나무가 한 살이 살 적마다 몸에 테를 내는 것처럼 사람들도 그런 겪음 테를 남긴다. 말한다는 것은 이야기를 엮는다는 것이다. 자기가 살아온 그 겪음 테들을 하나하나 엮어 글로 남긴다는 것은 한편 흥겹고 또 한편은 무척 힘겹다. 글쓰기란 아무나 하는 것이 아니다. 그래도 사람들은 누구나 다들 글쓰기를 꿈꾼다. 꿈꾸기야 누군들 못할 것인가? 글쓰기란 삶에 뜻 매기기이다. 삶과 죽음에 뜻 매기는 일, 그건 역사를 창조하는 일일 터다.

2. 가운데 이야기

이 이야기는 이야기꾼 작가 안영실이 써서 보이고자 내세우는 이 작품집 속의 아주 많은 이야기들 가운데 하나다.

〈라그랑주 포인트 7〉

아프리카 콩고의 산간 마을의 한 부락에는 깃발이 두 개 있다. 깃발이 꽂힌 집은 이장이 사는 집이라는 뜻이다. 불과 80여 명이 옹기종기 모여 사는 이 마을에 이장이 둘인 이유는 간단하다. 서로 말이 통하지 않기 때문이다. 언어만 다른 것이 아니라 의식과 문화가 전혀 다르다. 한쪽은 모계사회이고 한쪽은 부계사회이다. 수렵을 중심으로 살아가는 종족은 어머니가 식탁의 가운데에 앉고, 남자의 노동력이 필요한 농업을 중심으로 살아가는 종족은 아버지가 중심이 되어 살아간다. 어떤 풍속이나 종교가 존재한다면 그것이 성립되는 필연적 이유가 있다.

　서로 다른 질서와 관점으로 인한 차이를 이들은 깃발 두 개로 큰 문제없이 살아간다. 두 깃발이 세워진 집 중앙에는 마을의 큰 길이 있다. 이 길의 우물가에는 양쪽 질서에서 사는 아이들이 모여서 서로 뒹굴며 논다. 이들에게 언어와 깃발은 아무런 문제가 되지 않는다. 그 길은 라그랑주 포인트에 건설한 가상의 우주기지와 무척 닮았다. 무척 앞서간다고 믿었던 과학은 지금 자연 속에 존재하고 있는 것들을 증명할 뿐이다.

안영실이 이야기하고 있는, 200자 원고지 두세 장 정도의 길이를 지닌 이 말 전파 속에는, 사실 아주 깊고도 많은 따짐 이야깃거리가 있다. 거창하게 말하면 아주 깊높은 철학적 사유거리가 있다는 뜻이다.

3. 끝 이야기
안영실이 쓴 짧고도 깊이가 있으며 또 끈질기게 우리를 따라붙는 이 많은 뺌얘기묶음은, 내 보기에 우람한 철학적 명제들이 짧고도 쉽게 또는 그윽하고도 섬세하게, 다시 우렁차게 울림을 주는 가락으로 출렁출렁 이야기 물결을 이루고 있다.

모든 이야기 가락은 다들 그 깜냥껏 지닌 울림과 출렁댐이 있다. 가령 장장 열여섯 권의 이야기 묶음인 박경리의 『토지』가 이 나라 한글문학의 우람한 산맥이라면, 아주 짤막하고도 끈질긴 물음을 담고 있는 안영실의 이런 이야기 묶음도 우리들 마음을 번번이 사로잡는다.

시집 같기도 하고 콩트집 같기도 하며 또 수필집 같기도 한 안영실의 이 짧은 소설집(나는 이걸 내 식으로 늘 뼘애기묶음이라고 쓴다)은 이 나라가 지녀온 수많은 이야기 문학의 중요한 한 갈래로 졸졸졸 아니면 콸콸콸 흘러 이 나라 역사에 살아 흘러내릴 것이다.

근 천여 년 앞사람 이규보의 말 엮음이나 몇백 년 앞사람 박지원의 이야기 묶음들이 그랬듯이!

깊은 말 묶음의 탄생을 축복하며! **정현기**

안영실 소설집

나른한 화요일을 깨우는 새콤달콤한 앵두 맛 이야기
화요앵담

초판1쇄 인쇄 2016년 12월 25일
초판1쇄 발행 2016년 12월 30일

지은이	안영실
펴낸이	유상원
펴낸곳	헤르츠나인(상상+모색)
디자인	이정아
표지그림	양예람
사 진	유완
인 쇄	알래스카인디고
등록일	2010년 11월 5일
등록번호	상상+모색 제313-2010-322호
주 소	서울시 마포구 서교동 334-30
전 화	070-7519-2939
팩 스	02-6919-2939
이메일	hertz9books@gmail.com
ISBN	979-11-86963-28-9 03810

copyright ⓒ 2016, 안영실
저자와의 협의 아래 인지를 생략합니다. 파본은 구입하신 서점이나 본사에서 교환해드립니다. 책값은 뒤표지에 있습니다. 본 책은 저작권법에 의해 보호를 받는 저작물이므로 무단 전재와 복제를 금합니다.

헤르츠나인은 상상+모색의 출판브랜드입니다.

이 도서의 국립중앙도서관 출판예정도서목록(CIP)은 서지정보유통지원시스템 홈페이지(http://seoji.nl.go.kr)와 국가자료공동목록시스템(http://www.nl.go.kr/kolisnet)에서 이용하실 수 있습니다. (CIP제어번호 : CIP2016031217)